Aurélie Deri

Lya au temps des Incas
La malédiction d'Inti

Illustrations de Lise Herzog

BELIN

Collection dirigée par François Beiger

www.frbeiger.com

Dans la même collection :

Vont-ils réussir à sauver Kokom ? F. Beiger, 2004
Le mystère de l'île d'Akpatok, F. Beiger, 2004
Dan sur la piste des trappeurs, F. Beiger, 2005
Sur la route des bûcherons, F. Beiger, 2005
Survivre au Kalahari, Ph. Frey, 2004
Le manteau d'images, G. Joly, 2005
Monsieur Poivre, voleur d'épices, J.-Y. Loude, 2005
Ulysse.com, J.-P. Gourévitch, 2005
Anders au cœur de la terre, E. Hussenet, 2005
Anders face au Maître du cristal, E. Hussenet, 2006
La voix du jaguar, N. Léger-Cresson et C. Ruiz, 2006
Vacances en brousse, M.-F. Ébokéa, 2006
Je t'écris de Sibérie, G. Joly, 2006
Le secret de la déesse Bastet, M. Cosem, 2006
Anders et le Grand Tremblement, E. Hussenet, 2007
Tanuk le maudit, J.-Y. Loude, 2007
Le cosaque au tigre, G. Joly, 2008
Pompéi.com, J.-P. Gourévitch, 2008
L'or de pharaon, M. Cosem, 2009
Danger sur la Gatineau, F. Beiger, 2009

Le code de la propriété intellectuelle n'autorise que «les copies ou reproductions strictement réservées à l'usage privé du copiste et non destinées à une utilisation collective » [article L. 122-5] ; il autorise également les courtes citations effectuées dans un but d'exemple ou d'illustration. En revanche «toute représentation ou reproduction intégrale ou partielle, sans le consentement de l'auteur ou de ses ayants droit ou ayants cause, est illicite » [article L. 122-4].
La loi 95-4 du 3 janvier 1994 a confié au C.F.C. (Centre français de l'exploitation du droit de copie, 20, rue des Grands-Augustins, 75006 Paris), l'exclusivité de la gestion du droit de reprographie. Toute photocopie d'œuvres protégées, exécutée sans son accord préalable, constitue une contrefaçon sanctionnée par les articles 425 et suivants du Code pénal.

© Éditions Belin, 2008   ISSN 1770-2380   ISBN 978-2-7011-4925-7

*Ce livre est dédié aux enfants des rues de Cuzco.
À l'association Inti Huahuacuna de Zarzuela, Dolores et Marianne.
À Juan et Jhort, con toda la fuerza de mi corazón.*

*En souvenir également des moments passés, assise sur un banc
de la place Kusipata, à regarder avec bonheur les gens vivre et sourire…
et aux rencontres que ces instants ont su créer.*

Voyagez autrement.
J'ai découvert très jeune que le voyage était pour moi la meilleure manière d'apprendre.
Voyager, c'est « vouloir savoir, en réalité, [...] comment les autres vivent, ce qu'ils peuvent vous enseigner, comment ils affrontent la réalité et ce que la vie a d'extraordinaire ».
[...] « N'ayez pas peur » [...] Si quelqu'un se lance dans une discussion, aussi bête qu'en soit le sujet, accrochez-vous : on ne peut pas juger la beauté d'un chemin si l'on ne regarde que l'entrée.
[...] « Un voyage est une aventure. [...] Autorisez-vous à vous perdre dans les rues, à marcher dans les ruelles, à sentir la liberté de chercher un objet qui vous est inconnu, mais que très certainement vous allez trouver et qui changera votre vie.

Paulo Coelho
Comme le fleuve qui coule
Flammarion

Le voyage est un échange. Un échange avec l'autre mais également avec soi-même. Voyager, c'est découvrir et se découvrir.

Voyager, c'est aller à la rencontre de l'autre qui est en face de nous mais aussi de cet autre qui est en nous et que l'on n'imaginait pas.

Voyager, c'est s'ouvrir à l'inconnu, recevoir les beautés que le monde et les hommes ont à nous offrir.

Voyager, c'est aussi donner aux hommes et au monde des beautés que nous avons à leur faire partager sans que nous en ayons nous-même conscience.

Le voyage, tout comme la vie, est un apprentissage.

Aurélie Derreumaux
18 décembre 2006

Remerciements

– To Robert, you pushed me to believe in myself and to start writing this story. Without you, Lya would probably still be living only in my imagination.

(À Robert, tu m'as encouragée à croire en moi et à écrire cette histoire. Sans toi, Lya serait certainement toujours en train de vivre uniquement dans mon imagination)

– À Antho, pour ton implication depuis le début du projet, pour tous tes bons conseils et les fous rires en évoquant Marianne et Griffas sur la plage de Trouville, lors des week-ends avec les Dauphinois.

– À mam', pour ton amour sans limite et ton soutien sans faille dans tout ce que j'entreprends.

– À mon père, pour la fierté qui se lit dans tes yeux.

– À François Beiger et aux Éditions Belin, pour avoir donné la chance à ce projet de voir le grand jour.

– À Lise Herzog pour son talent de dessinatrice.

– À tous ceux qui ont suivi de près ou de loin cette aventure, qui m'ont apporté soutien, remarques pertinentes (merci Guillaume !), infos (merci Justine !) et patience (merci mon frère !).

– Enfin, merci à Lya, pour avoir été mon recours, ma bulle d'air lors des moments difficiles qui viennent peupler une vie. Tu m'as donné la force de continuer.

Table des matières

Prologue	9
1. Le manuscrit de cuir rouge	16
2. La chacana, médaillon magique de l'Empire inca	24
3. Cuzco, la ville aux murs d'or	43
4. L'enfant du Soleil	56
5. La légende de la chacana	66
6. La malédiction d'Inti	78
7. Sur la route de la Cité Sacrée	86
8. La Cité Sacrée du Machu Picchu	99
9. La prophétie des 7 condors	107
10. Dans l'enceinte du Machu Picchu	121
11. La part d'inconnu a son importance	133
12. Celui qui change le monde	138
13. L'annonce du sacrifice	145
14. Croire que tout est possible	150
15. Entrer en contact avec l'Essentiel	160
16. Vis ce qui t'est offert de vivre	168
17. Pars à la découverte du monde	176
Épilogue	183
Glossaire	187
Bibliographie	192

PROLOGUE

Londres, 1925.

Marianne était assise à sa table de bois depuis plusieurs heures déjà. Les yeux dans le vague, elle repensait à tout ce chemin parcouru. Avec peine, certes, mais surtout avec courage, elle avait réussi à tous les réunir… Tous… Elle avait dû traverser le monde entier pour trouver chaque magnikus. Et elle y était parvenue.

À cette pensée, son regard s'éclaira d'une fière lueur.

Au dehors, l'obscurité se faisait de plus en plus profonde et la tempête se rapprochait, menaçante. Les ruelles de la ville étaient désertes. Pas un bruit ne venait perturber les rugissements de l'orage et les ombres se confondaient avec le noir de la nuit.

Marianne renoua ses longs cheveux couleur ivoire et changea l'unique bougie qui éclairait la pièce. Elle attrapa la plume dont la pointe baignait dans un pot d'encre noire et ouvrit le grand manuscrit de cuir rouge qui se trouvait devant elle.

Elle regarda ses mains ridées, abîmées par les années et les dangers auxquels elle avait dû faire face. Chaque plissure sur sa peau témoignait d'un combat, d'une énergie démentielle dépensée pour subtiliser les magnikus avant Lui.

Lui…

Où était-il à cet instant présent ?

Quel serait le prochain piège qu'il lui tendrait pour récupérer tous les magnikus ?

Portait-il la Pierre Noire de Feu sur lui ? Oui, de cela, elle était certaine.

Soudain, un claquement bref retentit. Marianne se retourna et fixa la porte comme pour essayer de voir ce qui se passait au travers. Était-ce l'orage qui s'était encore rapproché ? Ou peut-être Chloé, sa servante, qui venait de rentrer… Mais les derniers jours avaient été trop déterminants dans sa quête pour qu'elle se permette de sous-estimer quoi que ce soit. Chaque erreur pouvait lui être fatale.

Elle tendit l'oreille mais elle n'entendit rien. Aucun bruit, aucun grincement de porte, aucun craquement de plancher. Rien… Et c'était ce silence, justement, qui l'inquiétait.

Prise d'un instinct aussi puissant qu'incontrôlable, elle attrapa le coffret d'ébène qui se trouvait sur la commode et l'ouvrit. À l'intérieur étaient soigneusement rangés les magnikus ; ces objets si particuliers auxquels elle avait voué sa vie. D'une main tremblante, elle prit le miroir de nacre. Depuis le début de sa quête, elle s'était fait la promesse de ne jamais utiliser les pouvoirs magiques des magnikus. Mais aujourd'hui était un jour différent, elle le sentait.

Elle le sentait venir, s'approcher, se rapprocher… Doucement, lentement, sûrement…

C'était Lui, elle en était certaine.

Alors elle retourna le miroir, et comme l'avait prédit la Légende, son reflet se mit à onduler. Lorsque l'image se stabilisa, Marianne la regarda attentivement. Mais ce n'était pas son visage qu'elle y découvrait…

À sa grande stupeur, elle vit des déserts, des collines de sable infinies et des vents qui venaient en balayer les crêtes.

Et elle le vit, Lui…

Fier et arrogant.

Ses vêtements étaient trempés de sueur et il regardait en ricanant une traînée de sable qui s'écoulait le long de la dune. C'est alors qu'elle se vit également. Allongée au bas de la dune, les yeux clos. Elle vit ses cheveux ivoire éparpillés, sa tête penchée sur le côté, la bouche entrouverte d'où coulait un filet de sang.

Et elle sut. Elle sut qu'elle ne survivrait pas à ce combat, elle comprit que ses forces ne l'emmèneraient pas jusqu'au bout. Que dans ce duel ultime, Il serait le plus fort.

Un frisson la parcourut. La vision de sa propre mort la faisait trembler d'effroi… Combien de temps lui restait-il à vivre ? Quelques mois ? Quelques semaines ? Quelques jours ?

Mais très vite Marianne se ressaisit. Trop de vies dépendaient d'elle et elle ne pouvait se permettre de s'apitoyer sur son propre sort.

Ce n'était pas de son destin dont il s'agissait aujourd'hui mais de celui de l'Humanité.

En lui dévoilant ces images, le miroir lui envoyait un second message. La scène à laquelle elle assistait était dans un désert lointain. Ce n'était donc pas ici, à Londres, que sa mission s'achevait. Ni ici, ni maintenant. Et elle devait utiliser cette opportunité.

Il lui fallait mettre les magnikus à l'abri et trouver la personne qui aurait la force et le courage d'accomplir ce qu'elle ne pourrait achever.

Mais qui ?

Derrière elle, le silence devenait de plus en plus profond, de plus en plus pressant.

Il fallait partir…

Elle regarda à nouveau le miroir et à sa grande surprise, les collines de sable disparurent pour laisser place à une nouvelle image.

Dans le nouveau reflet, elle découvrit les traits du visage rayonnant d'une jeune fille qui ne devait pas avoir plus de 13 ans. Ses cheveux bruns, ses yeux verts et ses fossettes au creux des joues lui rappelèrent étrangement son propre visage lorsqu'elle était jeune. La ressemblance était certes troublante, mais ce n'était pas elle.

Dans le fond du jardin où jouait la jeune fille, une femme se tenait debout sur le perron d'une immense maison blanche. Elle faisait signe de rentrer et la jeune fille se retourna en riant pour attraper une dernière pomme perchée dans un pommier. Soudain, Marianne réalisa que la grande maison blanche ne lui était pas étrangère non plus. Elle plissa les yeux et se pencha plus près du miroir. Aucun doute : cette grande demeure était le château familial près d'Aix-en-Provence, où elle avait passé toute son enfance, dans le sud de la France.

Mais qui étaient ces deux personnes ? Elle ne les connaissait pas…

Se pouvait-il que le miroir lui montrât un épisode de vie future, postérieur à sa propre mort ?

Ses pensées s'entrechoquaient dans son esprit…

Marianne avait un fils, Hector, qu'elle avait confié à sa nourrice pour le protéger et continuer sa quête des magnikus.

Était-il possible que cette femme et cette jeune fille soient de sa descendance ?

Ses yeux revinrent vers la jeune fille qui courait en direction du château. À son poignet, elle portait un bracelet où était inscrit son nom : Lya.

À cet instant précis, tout lui sembla pure évidence :

« Lya, murmura Marianne sans que la jeune fille du miroir ne l'entende. C'est vers toi que je me tourne aujourd'hui. La mission qui te revient sera lourde et forte de conséquences mais je sais que tu relèveras chaque défi que la vie posera devant toi. C'est la force des Méliandi. »

Marianne eut un pincement au cœur en pensant à cette enfant si jeune qui devrait se confronter à des puissances bien plus fortes qu'elle… Mais il fallait faire confiance au signe que lui envoyait le miroir de nacre…

« Je t'aiderai », murmura-t-elle à l'image de la jeune fille qui disparaissait peu à peu.

Marianne reposa en hâte le miroir dans le coffret d'ébène, le prit sous son bras et de son autre main, attrapa le manuscrit de cuir rouge.

Les ténèbres se faisaient de plus en plus envahissantes, dévastatrices et envoûtantes…

Elle devait partir…

Maintenant.

75 ANS PLUS TARD...

1
Le manuscrit de cuir rouge

Aix-en-Provence, sud de la France, 2000.

– Lya, dépêche-toi de prendre tes affaires ! Il est bientôt huit heures et ton frère est déjà dans la voiture…
– Oui, m'man, j'arrive !

Lya termina de se rincer la bouche, jeta la serviette humide sur le rebord de la baignoire et fila dans sa chambre. Elle attrapa son sac au pied de son lit et y glissa son livre de géométrie encore ouvert à la page des théorèmes qu'elle révisait hier soir. En vain…

« Pythagore, Thalès…, marmonna-t-elle. Je n'y comprends rien… Le contrôle de ce matin risque d'être corsé… Pendant la pause, je demanderai à Pierre-Yves de me réexpliquer comment leurs théorèmes fonctionnent. Il devrait pouvoir m'aider… »

Elle sortit sur le palier et jeta un dernier regard dans sa chambre pour vérifier qu'elle n'avait rien oublié. Son regard balaya rapidement la pièce et se posa sur sa couette qui jonchait sur le sol :

« Pas le temps de faire mon lit ce matin. C'est vraiment dommage », dit-elle en esquissant un petit sourire ironique.

Au moment où elle s'apprêtait à descendre, une boule de poils noirs surgit d'en bas, monta les escaliers en courant et grimpa l'échelle qui menait au grenier. La créature se faufila dans l'entrebâillement de la trappe que son frère avait laissée ouverte la veille.

– M'man, Adrien a oublié de refermer le grenier hier soir et Misti y est entré… Je vais le chercher, j'en ai pour 30 secondes.

Pas de réponse… Sa mère n'avait certainement pas dû l'entendre…

« Tant pis, se dit Lya. J'y vais. Il n'est pas question que mon chat se fasse attaquer par les Ténakis. »

« Ténakis », c'était le nom que Lya donnait aux souris qui hantaient le grenier et la cave du château. Quelques années auparavant, lorsque son grand-père Hector chassait les souris à coups de balai, celui-ci se mettait à crier : « Ven aquí, ven aquí ! ». C'était une habitude qu'il avait héritée de sa nourrice espagnole qui l'avait élevé étant enfant. Lya se souvenait de son grand-père Hector, courant le dos courbé pour attraper les souris. Et ce souvenir la faisait toujours sourire… Mais lorsqu'elle était petite Lya ne parvenait pas à prononcer « Ven aquí » comme son grand-père. Elle disait toujours « Ténaki, ténaki… ». Depuis, les souris du grenier étaient devenues des « ténakis » et grand-père Hector était surnommé « grand-père Ténaki ».

Lya posa son sac contre la rampe de l'escalier et se dirigea vers l'échelle. Elle gravit les premiers barreaux, souleva lentement la trappe en bois et regarda à l'intérieur du grenier. Tout était obscur et un silence pesant régnait dans la pièce. Un frisson la parcourut. Lya n'aimait pas le grenier. Il y faisait froid et noir et les ombres des poutres se transformaient en fantômes qui se cachaient pour l'attaquer.

« Misti, où te caches-tu ? »

Lya ouvrit entièrement la trappe qui fit un bruit sourd en retombant sur le plancher. Elle grimpa les derniers barreaux de l'échelle et se hissa à l'intérieur du grenier. Elle se tenait debout sur les planches en bois, la tête touchant presque le plafond. Elle regarda autour d'elle pour essayer d'apercevoir son chat et vérifier qu'aucune souris n'allait lui sauter dessus. Mais visiblement, Misti s'était caché plus loin… Lya se dirigea vers le vieux fauteuil en cuir, au fond de la pièce. Misti aimait particulièrement cet endroit, car une fois installé en dessous, il était difficile de l'en déloger.

À chacun de ses pas, l'obscurité devenait plus saisissante. Lya se sentit frémir…

D'habitude, elle venait ici avec son grand frère et cela lui semblait moins pénible… Mais à ce moment même, Adrien devait être assis dans la voiture, la maudissant à chaque minute qui s'écoulait…

« Il faut que je me dépêche, se dit Lya. Sinon mes parents vont encore dire que je mets toujours les autres en retard, Mme Serfati ne m'acceptera pas dans sa classe d'histoire et je serai à nouveau bonne pour une heure de colle après les cours… »

« Misti, chat stupide, reviens ici ! », dit Lya en commençant à s'énerver. Le son vint casser le lourd silence qui dominait la pièce, et mine de rien, entendre sa propre voix lui donnait un peu de courage. Lya prit une forte inspiration et

fit un premier pas vers le centre du grenier. Elle avançait lentement, en évitant de se cogner la tête contre les poutres trop basses.

Tout était sombre et lugubre autour d'elle. Seuls quelques rayons de lumière passaient à travers l'unique petite lucarne située au fond de la pièce. Mais cette faible luminosité ne suffisait pas pour distinguer les obstacles qui se dressaient devant elle. Elle pouvait imaginer les yeux des souris rivés sur elle. Elles étaient certainement des centaines, cachées dans l'ombre, attendant patiemment le moment propice pour l'attaquer…

« N'y pense pas, se dit Lya. Oublie les ténakis et concentre-toi sur chacun de tes pas. Tu vas trouver Misti, le prendre avec toi, puis tu vas sortir du grenier et aller au collège… Il n'y a rien de plus simple… Il faut juste que tu arrêtes de penser aux ténakis… Arrête de penser aux ténakis… » se répétait-elle pour mieux les chasser de sa tête.

Peu à peu, elle se concentra sur chaque battement qui retentissait en elle et adapta ses pas au même rythme. Elle contourna la grande horloge et enjamba les coussins usés qui traînaient par terre. Elle passa devant la grosse malle de voyage, longea la bibliothèque et lorsqu'elle détacha son regard du plancher, elle se trouvait devant le fauteuil en cuir.

Lya se mit à genoux, mais contre toute attente, la place était vide.

« Où peut bien être ce satané chat ? se demanda-t-elle. C'est toujours là qu'il se cache… ».

Soudain, au moment où elle se relevait, Lya sentit la boule de poils noirs passer entre ses jambes et elle la retrouva perchée sur la bibliothèque où des dizaines de vieux livres poussiéreux étaient empilés. Le chat la regardait d'un air qui la défiait de venir l'en dénicher.

Lya avança lentement vers l'étagère sans quitter l'animal du regard. Elle pouvait distinguer dans ses yeux une flamme malicieuse qui laissait pressentir encore un mauvais tour. La forme de sa gueule esquissait un petit rictus moqueur et sa position féline sur le haut de l'étagère lui donnait un air souverain, comme s'il venait de s'autoproclamer « Maître du Royaume des Ténakis ».

« Tu me provoques ? J'imagine que ça t'amuse de me voir te courir après… Mais ça ne va pas durer longtemps, je t'assure… ».

Lya se posta devant la bibliothèque et tendit le bras mais sa main pouvait à peine atteindre la dernière étagère. Elle attrapa un vieux tabouret en osier et le cala contre le meuble. Il était complètement bancal et un des pieds avait été à moitié rongé par les souris.

« Je me demande si c'est vraiment une bonne idée… », se dit Lya. Elle posa son pied gauche sur le bord du tabouret, s'agrippa à l'étagère et se hissa sur sa jambe. Une fois son équilibre retrouvé, elle plaça son pied droit à l'opposé du gauche et regarda vers le haut du meuble. Elle était maintenant à la bonne hauteur. Elle tendit ses bras et ouvrit ses mains, prête à attraper le chat. Lorsque soudain, un craquement sec retentit… Le pied rongé venait de céder. Elle sentit le tabouret fléchir et s'effondrer sous son poids. Dans un ultime réflexe, Lya agrippa l'étagère en face d'elle mais le meuble vacilla et s'écroula dans un énorme vacarme.

Lya gisait à terre, sous une montagne de livres crasseux qui sentaient le moisi. Un épais nuage de poussière lui piquait la gorge et l'empêchait de respirer normalement. En regardant autour d'elle, Lya vit les restes de la bibliothèque brisée en mille morceaux sur le sol.

« Quelle pagaille ! Maintenant je vais avoir droit à une double punition… », se dit-elle entre deux toussotements.

Alors qu'elle reprenait peu à peu ses esprits, son regard s'arrêta sur un livre qui étincelait dans le clair-obscur du grenier. Les faibles rayons lumineux qui passaient par la lucarne venaient éclairer la surface du livre et se reflétaient en son milieu.

Intriguée, Lya dégagea les romans et les encyclopédies qui étaient dispersés entre ses jambes et se dirigea à quatre pattes vers le livre. De loin, il ressemblait à un vieil album qui devait renfermer des photos de famille jaunies par le temps. Il était beaucoup plus grand que tous les autres ouvrages étalés par terre et à en juger par son épaisseur, il devait être également beaucoup plus lourd que les autres…

Elle s'arrêta devant le livre, n'osant pas le prendre dans ses mains. Le cuir rouge sombre de la couverture était encore en parfait état et au centre se détachait un symbole argenté en forme de double boucle ouverte. Le dessin lui rappelait vaguement une figure qu'elle avait vue dans le livre de mathématiques de son frère et qu'il appelait « signe de l'infini ». Mais ce symbole était ouvert sur la droite, comme si quelqu'un avait voulu représenter le signe de l'infini sans en achever la seconde boucle.

Lentement, elle approcha sa main tremblante vers l'emblème, lorsqu'une sensation contradictoire de chaleur et de vide la pénétra au plus profond d'elle-même…

Une vague de bien-être la submergea, emportant avec elle ses craintes et ses doutes, et l'emmena vers un monde qui ne connaissait ni frontière ni limite. C'était comme si un voile se levait devant elle, sans qu'elle puisse savoir ce qui se trouvait derrière.

Lya se sentait irrésistiblement attirée par cette force qui émanait du livre. Il semblait protéger secrètement un trésor inconnu, une richesse ignorée qu'elle voulait découvrir.

Lorsque ses doigts frôlèrent le signe en argent, elle ressentit une brûlure en son cœur. Elle sursauta et retira précipitamment sa main. Elle ferma les yeux pour calmer les palpitations qui l'animaient. Elle devinait au fond d'elle-même que si elle poursuivait son geste, sa vie risquait d'en être profondément changée. En bien ou en mal ? Elle l'ignorait entièrement.

« Mais de quoi as-tu peur ? se demanda-t-elle. Que peut-il bien t'arriver ? Ce n'est qu'un livre… »

Elle prit une profonde inspiration et rouvrit ses yeux. Devant elle se trouvait le manuscrit, l'emblème scintillant de mille feux.

Et au moment où elle approcha à nouveau sa main, le livre s'ouvrit en grand et elle y lut son propre nom : « Lya ».

2
La chacana, médaillon magique de l'Empire inca

9 h 45.

Lorsque la sonnerie de l'école retentit, Lya attrapa son sac et sortit de la classe en trombe.

Elle était arrivée avec 20 minutes de retard au cours de Mme Serfati qui, miraculeusement, avait accepté qu'elle se joigne aux autres élèves. Cette vieille pie avait toutefois pris un plaisir non dissimulé en ajoutant de son air pincé : « C'est la 3ᵉ fois cette semaine, mademoiselle Méliandi, et c'est également la dernière. Si vous arrivez encore en retard ne serait-ce que de 5 minutes, je vous enverrai directement dans le bureau du directeur ».

Lya avait entendu gloussements et murmures moqueurs s'élever dans les rangs et senti les regards compatissants de ses deux amis, Pierre-Yves et Charline. Elle était devenue rouge vif et avait rejoint sa place en bégayant un « Pardon, M'dame », à moitié avalé.

Toutefois ces railleries n'étaient rien à côté des remontrances de sa mère et du regard mitrailleur d'Adrien lorsqu'elle était montée dans la voiture. Et elle savait pertinemment ce qui l'attendait ce soir : un long sermon de ses parents sur son comportement peu responsable suivi d'une punition pour tout le week-end.

Mais pour l'instant, tout cela lui importait peu. Elle se moquait éperdument des ricanements de ses camarades de classe ou même de la punition qui l'attendait. À ce moment précis, Lya n'avait en tête qu'une seule chose : ouvrir à nouveau ce livre mystérieux où était inscrit son propre nom.

La bibliothèque lui semblait être le meilleur endroit pour s'éclipser à l'abri des regards indiscrets. Elle se dirigea vers les escaliers, son sac serré sous le bras, monta les marches quatre à quatre jusqu'au dernier étage, traversa le couloir qui longeait les classes des terminales et atteignit la bibliothèque. Elle ouvrit la porte et pénétra silencieusement à l'intérieur.

La salle était encore presque vide à cette heure matinale. Regroupés près des ordinateurs, quelques élèves de 3e travaillaient leur version latine tandis que le responsable de la bibliothèque était à son bureau, plongé dans la lecture d'un manuel d'histoire. Seuls le chuchotement des élèves et le froissement des pages tournées venaient perturber le calme de la pièce.

Lya avança vers les rayons « Géographie », se faufila vers le coin le plus retranché et s'assit par terre. Après s'être assurée que personne ne se trouvait dans les allées voisines, elle sortit le livre de son sac, l'ouvrit à la première page et le cœur battant, y lut le message qui lui était destiné.

Lya,
Ce livre contient toutes les richesses du monde depuis sa création.
Je te le confie ainsi que les magnikus, ces objets issus de chaque grande civilisation de notre planète.
Pars à la découverte de ces peuples et apprends de leurs différences.
Sers-toi des magnikus pour répandre le bien autour de toi et surtout, prends garde à l'homme des ombres…
Marianne.

L'écriture était sûre mais hâtive. Comme si la personne qui avait rédigé le mot craignait qu'un malheur ne s'abatte sur elle d'une seconde à l'autre.

Lya avait beau relire le message, elle ne comprenait pas.

Pourquoi lui était-il directement adressé ? Qui était Marianne ? Que pouvaient bien être les « magnikus » ? Comment, du haut de ses 13 ans, pouvait-elle partir à la découverte de nouvelles civilisations ? Et surtout, que voulait dire cette femme en la mettant en garde contre l'« homme des ombres » ?

La sonnerie stridente vint marquer la fin de la récréation. Lya regarda sa montre : il était précisément 10 heures. Elle brûlait d'envie de poursuivre sa lecture mais elle se souvint que le contrôle de géométrie était sur le point de commencer et il était hors de question qu'elle arrive en retard. Elle devait donc s'armer de patience et attendre la pause déjeuner pour continuer à lire le manuscrit. Elle ferma précipitamment le livre et le glissa à l'intérieur de son sac.

En se dirigeant vers la porte, Lya réalisa soudain qu'elle n'avait pas demandé à Pierre-Yves de lui réexpliquer les théorèmes de Pythagore et Thalès. Et à cette heure-ci, il était trop tard… Elle s'imagina en train de sécher devant sa copie et regretta amèrement sa négligence. Dans un grand soupir, elle franchit le seuil de la bibliothèque, ferma la porte et se mit à courir vers la salle d'examen.

Elle était loin de se douter que sa découverte allait avoir un impact beaucoup plus important sur sa vie que le contrôle de géométrie.

Caché dans l'obscurité des rayons « Géographie », Griffas, le responsable de la bibliothèque, caressait machinalement sa barbe fine.

Il jubilait.

Des reflets jaunes dansaient dans son regard noir. Les traits de son long visage, habituellement rigides, étaient pris de sursauts incontrôlés avant de se figer à nouveau en un rictus grimaçant.

Lorsque Lya était entrée dans la bibliothèque, il avait interrompu sa lecture et, sans quitter son bureau, l'avait observée se diriger vers le fond de la salle. Telle une ombre vivante, il s'était ensuite approché pour mieux percevoir ses gestes. Il avait immédiatement reconnu le livre que la jeune fille avait sorti de son sac : la couverture de cuir rouge, l'emblème en argent qui brillait en son centre… Sans aucun doute possible, ce livre était celui de Marianne, l'inestimable manuscrit qu'elle avait rédigé 75 ans auparavant.

Griffas sentit soudain un éclair transpercer sa poitrine et réveiller en lui ses funèbres desseins trop longtemps refoulés. Son regard s'assombrit, ses lèvres devinrent plus sèches, sa respiration plus pressante. Son désir lugubre refaisait subitement surface, son ambition enfouie venait à nouveau le dévorer.

Le corps et l'âme du bibliothécaire étaient en plein mouvement et ne faisaient à nouveau plus qu'un. Mais ce changement était à peine perceptible. Personne ne pouvait déceler la flamme vengeresse qui venait de s'allumer dans ses yeux. Personne ne pouvait surprendre le grincement de dents jouissif ni le frétillement glacial qui parcourait son corps.

Son être tout entier se révélait à l'insu de tous.

À cet instant précis, Griffas comprit.

Il comprit que le signe tant guetté venait de se dévoiler et que sa longue quête était sur le point d'aboutir. Certes, il lui avait fallu attendre longtemps, très longtemps… Mais sa patience allait être enfin récompensée et Lya Méliandi serait la pièce maîtresse de son ultime machination.

∗

À la fin du contrôle de géométrie, Lya rassembla précipitamment ses affaires et courut vers la sortie principale du collège. Elle espérait attraper le bus de 12 h 09 qui la ramènerait directement chez elle afin d'y lire tranquillement le manuscrit. Trépignant d'impatience, elle regardait le bus tourner enfin à l'angle de la rue, lorsqu'elle sentit une main se poser sur son épaule. Elle se retourna et se retrouva nez à nez avec Charline qui la fixait de son regard bleu.

– Eh bien, où cours-tu si vite ? demanda Charline, une pointe de reproche dans la voix. On t'a cherchée pendant toute la pause et on a à peine eu le temps de rendre nos copies de géométrie que tu avais déjà disparu…

– Désolée, dit Lya en esquissant un léger sourire pour s'excuser, sans toutefois perdre le bus des yeux.

Pierre-Yves s'était glissé à côté de Charline, haletant d'avoir couru si vite. Comme chaque fois, sa mèche trop longue lui tombait dans les yeux et il s'empressa de la remettre en place d'un geste machinal. Les deux adolescents dévisageaient Lya d'un air interrogateur.

– Qu'est-ce que tu as ce matin ? demanda Pierre-Yves. Tu sembles complètement ailleurs. Tu n'as même pas réagi aux messages que je t'ai envoyés pendant le cours de Serfati…

– Et maintenant, tu t'en vas sans même nous attendre… Qu'est-ce qui t'arrive, Lya ? renchérit Charline, intriguée. Ses yeux se plissaient comme pour mieux percevoir les pensées de son amie.

Le bus était arrivé à leur hauteur et les collégiens se pressaient pour avoir les meilleures places assises.

– Tout va très bien, assura Lya. Malheureusement, je dois rentrer chez moi. Ma mère a besoin de mon aide pour ce midi.

Lya parlait tout en montant les marches du bus.

– Demain j'aurai plus de temps pour rester après les cours, continua-t-elle, je vous le promets.

Les portes du bus s'étaient refermées sur sa dernière phrase, laissant Charline et Pierre-Yves éberlués sur le trottoir.

– Elle doit être amoureuse, dit Pierre-Yves. D'habitude, elle ne se comporte jamais de cette manière…

Le regard de Charline avait pris un reflet gris acier, le rendant encore plus profond. Les bras croisés, elle maugréait contre l'étrange attitude de son amie.

– Non, je pense qu'il y a autre chose. Lya nous cache un secret dont elle ne veut pas nous faire part. Viens, laissons-la régler ses affaires toute seule, puisqu'elle estime ne pas avoir besoin de nous…

Les deux collégiens ramassèrent leurs sacs et se dirigèrent d'un pas traînant vers la cafétéria où ils déjeunaient généralement ensemble le midi.

*

En arrivant chez elle, Lya jeta son sac près de la porte vitrée qui donnait sur le jardin et cria : « Mam', c'est moi ! Je suis rentrée… j'avais oublié mon livre de grammaire pour cet après-midi ! »

Aucune réponse…

Lya se dirigea vers la cuisine, où des légumes frais du marché reposaient sur la table en bois. Personne…

Dans le salon, Misti se prélassait sur une chaise en osier, profitant des rayons du soleil à travers la vitre.

Là encore, personne…

La maison était vide et silencieuse. Sa mère devait probablement être dans le jardin en train de tailler les haies et les rosiers. À l'intérieur de la maison, l'air était frais et venait s'opposer à la vague de chaleur qui s'élevait en ce mois de juin.

Lya retourna dans l'entrée, sortit le livre de son sac et monta les escaliers en courant. Sans qu'elle puisse s'expliquer pourquoi, un sentiment indescriptible la poussait à nouveau vers le grenier. Elle agrippa l'échelle, gravit les barreaux et se faufila à travers la trappe restée ouverte. Elle ressentit un léger pincement au ventre à la pensée de devoir retraverser la sombre pièce. Serrant fort le livre contre elle, elle fixa son regard sur la lucarne de l'autre côté du grenier et entama sa progression à travers les vieilleries éparpillées. Au pied de la bibliothèque, les livres jonchaient toujours par terre. Lya longea le coffre de voyage, s'assit dans le fauteuil de cuir et posa le grand livre sur ses genoux. Elle contempla l'emblème en argent qui brillait sur la couverture rouge.

« Je me demande bien ce que cela signifie », s'interrogea Lya en touchant l'insigne de ses doigts fins.

Elle ouvrit le livre à la seconde page et y découvrit une carte du monde dessinée à la main. La carte était légèrement colorée et on pouvait y lire les noms des océans et des continents. Pour mieux se repérer, Lya chercha la France. Soudain, lorsque ses yeux se posèrent sur la forme hexagonale, le nom « FRANCE » y apparut comme par enchantement. Lya sursauta. Comment était-ce possible ? Comment ce nom avait-il pu s'inscrire sur la carte ?

Elle approcha son visage du dessin, lorsque tout à coup, les pages se mirent à tourner dans tous les sens : en avant, en arrière, en avant… comme si le livre prenait vie. Après quelques secondes, le livre se calma et s'ouvrit en grand.

Le cœur battant, Lya se pencha et lut :

Pérou, berceau de l'Empire inca

Les mains tremblantes, Lya mit le livre à la lueur de la lucarne et poursuivit sa lecture.

Création de l'Empire inca – La légende du Tawantisuyu

Le Soleil, notre père et notre Dieu, déposa dans le lac Titicaca deux de ses enfants : son fils, Manco Capac, et sa fille, Mama Occlo Huaca. Il leur remit une baguette en or et leur ordonna de former un peuple, construire des villages et élever du bétail à l'endroit où la baguette s'enfoncerait dans la terre.

Manco Capac et sa sœur sortirent du lac Titicaca et marchèrent vers le nord, essayant chaque jour d'enfoncer leur baguette en or dans la terre. Après de nombreux jours de marche, ils arrivèrent dans une grande vallée illuminée. Là, ils essayèrent une nouvelle fois d'enfoncer la baguette : non seulement elle s'enfonça dans le sol mais elle y disparut tout entière.

C'est en ce lieu que Manco Capac fonda la grande cité « Cuzco » et que naquit le peuple inca.

L'Empire inca ? Cuzco ? Lya n'avait jamais entendu ces noms auparavant. Que pouvaient-ils bien signifier ?

Lya continua sa lecture. La suite du texte était sous forme de notes de voyage accompagnées d'une carte qui représentait l'étendue de l'Empire inca.

Le peuple inca fut fondé au XIIe siècle par le chef Manco Capac. Ils vécurent sur la côte ouest de l'Amérique du Sud avant d'être décimés par les Espagnols au XVIe siècle.

La carte montre l'ampleur de l'Empire inca qui s'étendait de l'Équateur au Chili en passant par le Pérou et la Bolivie, avant l'arrivée des Espagnols en 1532.

Leur empire était nommé « Empire du Tawantisuyu », ce qui signifie « Empire des Quatre Terres », car celui-ci était divisé en quatre provinces. L'empire avait pour capitale la ville de Cuzco que l'on appelait « Nombril du Monde » car pour les Incas, Cuzco était le centre de leur empire qui lui-même représentait l'Univers. Les murs de la ville étaient recouverts d'or, c'est pourquoi Cuzco était surnommée « La Ville aux Murs d'Or ».

Cuzco se trouve au cœur de l'actuel Pérou, dans la Cordillère des Andes, à 3 700 mètres d'altitude.

Les Incas parlaient le quechua, *langue qu'ils imposaient aux peuples qu'ils avaient vaincus à la guerre.*

Le peuple inca était un peuple fier et courageux. Il était dirigé par un chef, l'« Unique Seigneur », qu'ils considéraient comme le fils du Dieu Soleil.

L'un des chefs les plus importants et les plus respectés pendant le règne inca fut « Pachacutec », dont le nom signifie « Celui qui change le monde ».

La seconde personne importante dans le règne de l'Empire inca était le Grand Prêtre nommé « Villac Umu ». Celui-ci résidait à Cuzco. Sa puissance et son influence pouvaient s'apparenter à celles de l'Unique Seigneur.

Les Incas vénéraient les éléments naturels tels que la lune (nommée Killa en quechua), la foudre et l'arc-en-ciel.

Parmi toutes ces forces naturelles, Inti, le Soleil était leur dieu suprême et les Incas lui vouaient de véritables cultes d'adoration.

Ils rendaient également hommage à la « Pacha Mama », la Terre Mère, car c'était elle qui, par les récoltes, permettait la vie.

Pour glorifier leurs dieux ou pour leur demander d'exaucer leurs prières, des prêtres organisaient des cultes religieux dans des temples : ils y procédaient à des offrandes de maïs, d'objets précieux et d'étoffes somptueuses, mais ils y effectuaient également des sacrifices d'animaux, d'humains et parfois même d'enfants lors de situations extrêmes ou très importantes. Ces enfants étaient nommés « Enfants du Soleil ».

Lya sentit son cœur se nouer… Des enfants ? Les Incas sacrifiaient des enfants ? Mais pourquoi ? Espérant trouver une réponse, elle continua à parcourir les lignes manuscrites.

Les Incas vénéraient les dieux du ciel et de la terre, mais également les animaux dotés de grandes forces : le puma, pour sa puissance ; le condor qui dominait la terre lors de son haut vol ou encore le serpent, qui représentait la sagesse.

Le peuple inca ne connaissait pas l'écriture.

Pour communiquer, ils utilisaient essentiellement la voie orale, mais également un outil nommé « kipu ».

Un kipu était un ensemble de cordes de couleurs et de tailles différentes où étaient formés des nœuds. Chaque nœud sur chaque corde avait une signification précise et l'ensemble codait un message secret ou bien des nombres.

Seuls des savants nommés « kipucamayos » savaient interpréter les messages contenus sur les kipus.

Les kipus étaient utilisés pour relater des faits, des guerres, donner des ordres mais également pour recenser la population ou faire le compte des récoltes agricoles.

Les chasquis étaient les messagers chargés de porter les kipus d'une ville à l'autre. Les Incas ne connaissaient pas la roue et n'utilisaient aucun animal pour se déplacer. Les chasquis parcouraient donc les routes de l'Empire en courant. Puisque les distances à couvrir étaient longues, les chasquis se relayaient régulièrement jusqu'à ce que le kipu soit remis à son destinataire.

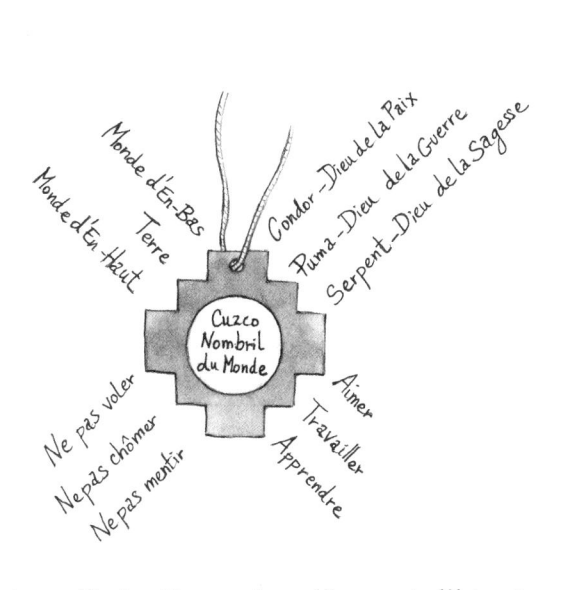

Ainsi, au fil des lignes, Lya découvrit l'histoire des Incas, leur façon de vivre et leurs coutumes. Elle lut avec passion leurs croyances et leurs légendes. Elle partagea leur admiration pour Inti, le Dieu Soleil et leur respect pour le puma, le serpent ou le condor. Dans son imagination, elle parcourut les ruelles pentues et tortueuses de Cuzco, la capitale de l'Empire.

Puis ses yeux se posèrent sur le dessin d'un médaillon en forme de croix avec un trou en son centre.

À sa droite, un paragraphe venait en expliquer le sens :

La chacana *est le magnikus de l'Empire inca. Chacun de ses côtés représente les différentes étapes de la vie des Hommes et le creux en son centre symbolise la ville de Cuzco, qui, pour les Incas, était le nombril du monde et la source de toute vie.*

Afin d'atteindre le plus haut niveau de sa vie, chacun se devait de respecter des règles de vie : ne pas mentir, ne pas voler, ne pas chômer, aimer, travailler et apprendre…

Chaque étape de sa vie réalisée permettait d'accéder à la suivante, pour finalement atteindre l'ultime niveau qui ouvrirait sur la vie éternelle, celle de l'Autre Monde.

Un éclair traversa le regard de Lya. C'était la deuxième fois que le terme « magnikus » apparaissait dans le livre : tout d'abord dans le message rédigé par Marianne, et maintenant dans la description du médaillon.

Un second point attira son attention : les deux écritures, celle du message de Marianne et celle qu'elle avait sous ses yeux, semblaient fortement similaires. Marianne avait donc certainement rédigé l'ensemble du manuscrit.

Mais une question restait en suspend : « Pourquoi le lui avait-elle adressé ? »

Soudain, une lumière éblouissante s'échappa du coffre de voyage et déchira l'obscurité du grenier. La lumière était vive, pure et elle scintillait en milliers de poussières dorées avant d'être avalée par le noir profond de la pièce.

Lya déposa le livre par terre et s'approcha lentement, captivée par les rayons lumineux qui s'intensifiaient à chacun de ses pas. Elle ne parvenait plus à détacher son regard du coffre, son cœur battait à tout rompre. Au moment où ses mains touchèrent la malle, Lya sentit une flamme s'allumer en elle. En grandissant, cette flamme venait répandre les mêmes sensations de bien-être qu'elle avait ressenties en frôlant le livre rouge pour la première fois. Mais à présent, un sentiment de doute apparaissait également et se faisait plus pressant, perturbant. Dans un moment d'hésitation, Lya enleva précipitamment ses mains du coffre de voyage.

Lorsqu'elle entendit une voix s'élever autour d'elle.

« Va, Lya. Fais confiance au monde et pars à sa découverte. Nos grandes richesses naissent de nos différences. Respecte-les et aide celui qui a besoin de toi. »

C'était une voix de femme, à la fois douce, mystérieuse et rassurante. Lya pensa immédiatement à Marianne. Cette voix pouvait être la sienne… À ces pensées, Lya sentit le doute, qui grandissait en elle, s'évanouir d'un seul coup.

Elle reposa ses mains sur le couvercle du coffre et le souleva de toutes ses forces. La lumière en jaillit avec une extraordinaire intensité. Lya se pencha au-dessus de la malle en protégeant ses yeux des rayons. La lumière provenait du fond du coffre. Poussée par sa curiosité de plus en plus grande, elle jeta avec précipitation tout le contenu de la malle par terre : vêtements déchirés, broderies trouées, photos jaunies, gravures ternies…

Lya voulait absolument voir ce qui brillait autant et qui, à en juger par tout ce qui le recouvrait, était caché ici depuis de nombreuses années. Certainement oublié de tous…

Enfin, elle vit la source de lumière : un médaillon taillé dans une pierre vert sombre extrêmement lisse, avec un trou en son centre. Elle reconnut la « *chacana* », le médaillon inca dont le dessin était dans le livre de Marianne. Lya se sentit irrésistiblement attirée par lui.

Prudemment, elle glissa ses mains sous le médaillon et l'éleva à hauteur de ses yeux. Au moment où ses doigts entrèrent en contact avec la chacana, un tourbillon l'envahit et des images se projetèrent devant elle. Elle vit des ruelles, des couleurs vives, des hommes aux joues rouges travaillant la terre, des femmes aux longs cheveux nattés assises devant leurs poteries… Elle entendit des bruits de pas entremêlés, des musiques entraînantes, des mots qu'elle ne comprenait pas… Elle sentit des odeurs fortes de terre, de poussière, de peau de bêtes transpirantes… Plus elle approchait le médaillon de son visage et plus les images, les sons et les odeurs s'accéléraient, s'intensifiaient, perdaient de leur sens et de leur netteté. Lya sentit une sueur froide la crisper et retenir son geste.

À ce même moment, la voix douce de Marianne retentit à nouveau : « Va, Lya. Aie confiance en toi… Mais prends garde, toujours, à l'homme des forces obscures… ».

Poussée par une force inexplicable, elle approcha le médaillon de son visage.

Et lorsqu'elle le passa autour de son cou, la lumière explosa et se propagea dans la pièce entière… l'avalant dans un souffle incandescent.

*

Caché derrière les poutres du grenier, Griffas avait observé attentivement la scène.

Il avait suivi Lya depuis le collège sans qu'elle ne s'en rende compte et il l'avait épiée en train de chercher la source de lumière… quand, à son tour, il avait vu la chacana. Il avait immédiatement reconnu le médaillon inca dérobé par Marianne de nombreuses années auparavant. S'armant de patience, il avait attendu le moment propice pour sortir de l'ombre et récupérer le magnikus. Mais à l'instant où il était prêt à bondir, la voix de Marianne s'était élevée de nulle part.

Comment était-ce possible ? Marianne était morte depuis plus de 70 ans, il l'avait tuée de ses propres mains !

Pétrifié d'effroi, Griffas n'avait pu empêcher Lya de passer le médaillon autour de son cou.

Impuissant, il l'avait regardée s'évanouir dans l'espace-temps.

Le retour de l'obscurité aida Griffas à retrouver ses esprits et il réalisa soudain ce qui venait de se passer. Dès cet instant, s'il voulait récupérer la chacana, il n'avait plus qu'une seule solution : partir à son tour.

Il sortit une pierre ovale de sa poche et l'entoura précieusement de ses mains. La pierre était d'un noir profond, habitée par une légère flamme qui en illuminait le cœur. Il concentra toutes ses énergies et murmura : « Pierre Noire de Feu, conduis-moi auprès de la chacana ».

À ces mots, la flamme se mit à danser, d'abord fébrile puis de plus en plus puissante. La pierre s'éveillait, et avec elle, grandissaient les ombres du grenier, accompagnées d'un froid glacial qui emplissait la pièce.

À l'instant où la flamme gagna toute la pierre, un éclair s'en échappa et Griffas disparut à son tour, englouti par les ténèbres.

3

Cuzco, la ville aux murs d'or

Le soleil était au zénith et les rayons commençaient à mordre ses paupières, lorsque Lya se réveilla en sursaut, le dos trempé de sueur. Elle passa le revers de sa main sur sa tempe et essuya les gouttes de transpiration qui y coulaient. Elle regarda autour d'elle, mais rien de ce qui l'entourait ne lui semblait familier. La ruelle était très étroite, le sol recouvert d'une épaisse poussière et les murs des maisons construits avec d'énormes pierres polies posées parfaitement les unes contre les autres.

Tout lui paraissait très étrange.

À commencer par ce silence.

Dans la petite rue où elle venait de s'éveiller planait un calme lourd, peu caractéristique d'Aix-en-Provence en plein été : ni piéton, ni voiture, ni vélo ne passait à sa hauteur.

Aucun bruit ne s'élevait.

«C'est curieux, murmura-t-elle. Où sont donc passés tous les Aixois ? Et cette rue que je ne reconnais pas… Je dois être loin du centre-ville et du cours Mirabeau».

Tout à coup, Lya ressentit une violente douleur à la tête, comme si elle s'était cognée au niveau de l'oreille. Elle y porta ses doigts pour calmer la sensation de choc.

C'est alors qu'elle se souvint : le mystérieux livre découvert dans son grenier, la douce voix d'une femme qui l'appelait, l'étrange médaillon enfoui dans la malle de voyage… Elle se souvint aussi de cette irrésistible envie de passer le collier autour de son cou… puis, plus rien.

Le noir total.

Elle n'avait aucune idée de ce qui avait pu lui arriver par la suite.

Où était-elle à présent ? Pourquoi était-elle allongée par terre dans la poussière ? Combien de temps était-elle restée inconsciente ?

Lya se releva doucement en frottant sa tête encore douloureuse. Soudain, prise d'effroi, elle s'arrêta. Avec stupeur, elle découvrit que son apparence physique s'était modifiée : ses cheveux étaient tressés en deux nattes qui tombaient sur ses épaules ; à la place de son jean et de ses baskets, elle portait un pagne simple serré d'une cordelette rouge autour des hanches et des sandales de paille.

Pourquoi était-elle accoutrée ainsi ? Ces habits n'étaient pas les siens…

Intriguée, elle chercha à voir son visage. À quelques mètres, elle remarqua un pot rempli d'eau, posé sur le pas d'une maison. Elle se dirigea vers le récipient de terre cuite, le prit entre ses mains et pencha sa tête au-dessus. L'image qu'elle y découvrit la fit sursauter. Dans un réflexe, elle éloigna le pot comme pour en éloigner la vérité qu'il lui révélait.

« Ce n'est pas possible. Comment cela pourrait-il être possible ? Ce n'est pas possible, se répéta-t-elle. »

Ayant peine à croire ce qu'elle venait d'y voir, elle rapprocha le pot et regarda à nouveau à l'intérieur. Le même reflet se dessina sur la surface transparente de l'eau. Lya y vit une jeune fille à la peau mate et aux joues rouges qui la regardait d'un air éberlué. Lentement, elle toucha son nez avec ses doigts fins, puis ses lèvres et son front. Le reflet reproduisait parfaitement ses gestes. « C'est pourtant bien moi », murmura-t-elle, encore sous le choc.

Elle se pencha un peu plus en avant, le bout de son nez touchant presque la surface de l'eau et s'aperçut que la couleur de ses yeux avait également changé : de vert noisette, ils étaient devenus marron foncé. Ses cheveux, la couleur de ses joues et de ses yeux s'étaient considérablement modifiés, mais les traits de son visage étaient restés les mêmes.

Alors qu'elle se courbait pour reposer le pot de terre devant la porte, un pendentif en forme de croix s'échappa du haut de sa tunique. Lya le prit dans ses mains et reconnut le médaillon qu'elle avait trouvé dans le vieux coffre de son grenier. Un reflet de soleil passa sur la surface lisse du pendentif et l'éblouit. Soudain, ses pensées se tournèrent vers son frère. « S'il s'agit encore d'une mauvaise farce d'Adrien, elle n'est absolument pas amusante, maugréa-t-elle. » Elle jeta un regard négligent sur la croix avant de la remettre à l'intérieur de sa tunique.

Rouspétant contre l'immaturité de son grand frère, elle descendit la rue d'un pas ferme, bien décidée à trouver une cabine téléphonique sur la Place des Cardeurs.

*

« Posez tous les sacs de maïs à gauche, ceux de *quinoa* à droite et ceux de patate douce au milieu », hurla le centurion au milieu d'un énorme vacarme.

Suite à ses instructions, des hommes courbés, portant d'énormes sacs tissés de cordes sur leur dos, la tête baissée, le visage ruisselant de sueur et de fatigue, s'exécutèrent. L'un après l'autre, ils déposèrent leur fardeau à l'endroit où le général l'avait exigé.

Recroquevillée dans le coin d'une rue, Lya observait, abasourdie, la scène qui se déroulait devant ses yeux. Jamais, même dans toutes les émissions qu'elle avait vues à la télé, elle n'avait assisté à un tel spectacle.

Convaincue de trouver un poste d'où appeler sa mère, Lya s'était dirigé vers le bout de la rue qui s'ouvrait sur une esplanade. Mais au lieu d'arriver sur la Place des Cardeurs comme elle l'espérait, Lya se retrouva sur une grande esplanade, face à une foule d'hommes de tous âges, chargés de

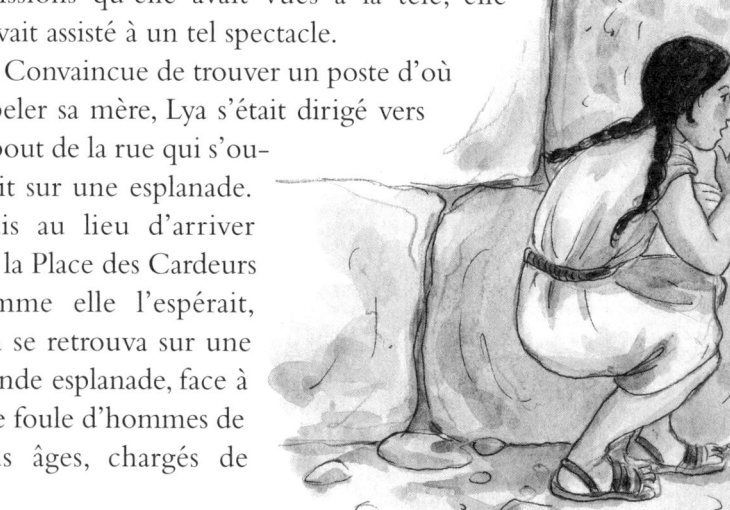

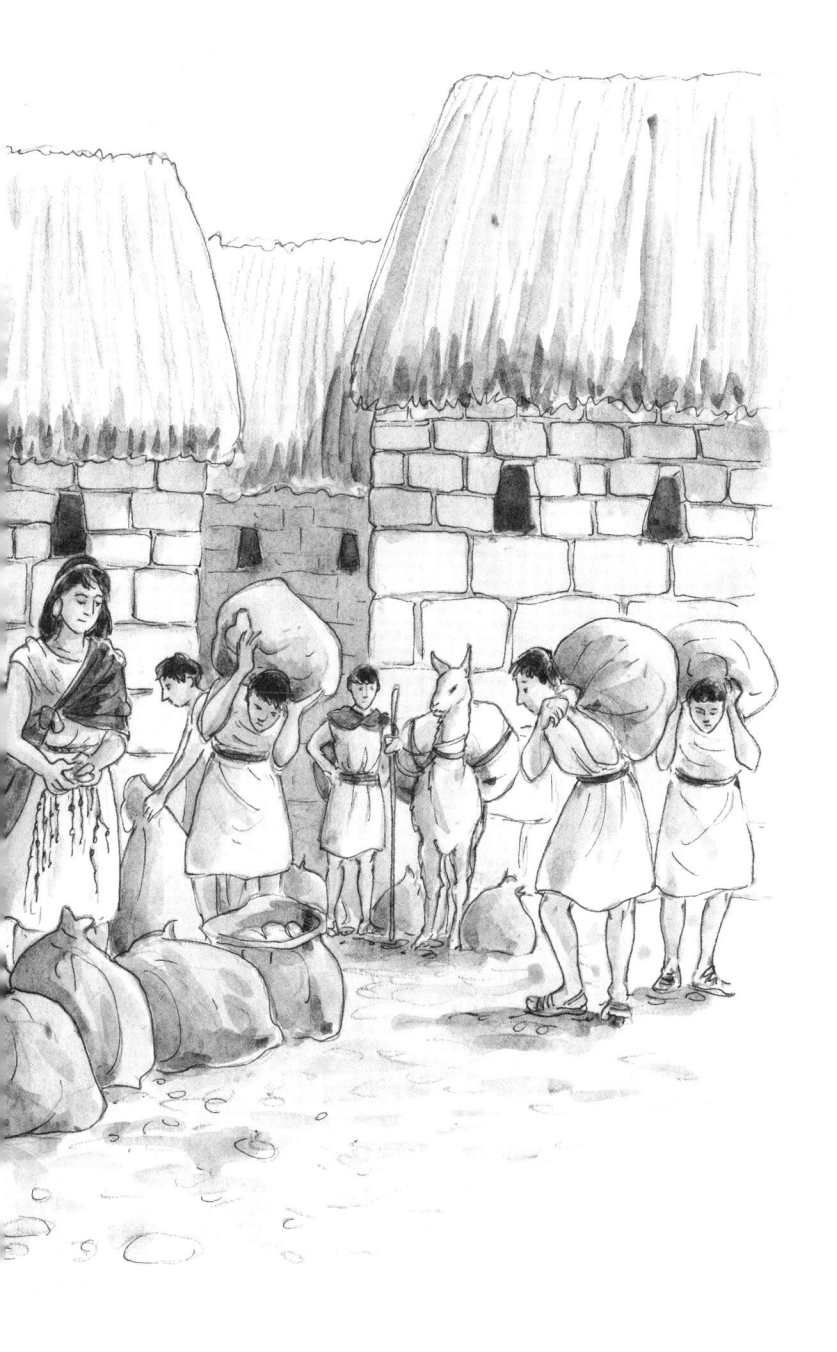

sacs sur les épaules, trimant sous les ordres de leurs chefs. Tous avaient la peau tannée par le soleil, les joues rougies et les pieds abîmés par les pierres malgré les fines sandales qu'ils portaient. Le simple pagne en coton dont ils étaient vêtus dégageait les muscles saillants de leurs bras et de leurs jambes. Marchant les uns derrière les autres, ils déposaient leurs sacs selon un ordre bien précis. Puis, les plus jeunes comme les plus vieux repartaient en massant leurs épaules douloureuses, le dos toujours courbé.

Parmi eux se dressaient des bêtes étranges au long cou et aux yeux de biche, également chargées de tissus rendus lourds par leur contenu. D'autres hommes, dont l'importance se lisait dans leur raideur, marchaient parmi les sacs en tenant dans leurs mains une corde de couleur d'où pendaient d'autres bouts de ficelle de longueur et d'épaisseur différentes. Inlassablement, ces hommes comptaient les sacs, puis faisaient un nœud sur une des cordes. Ils comptaient, faisaient un nœud. Comptaient, faisaient un nœud. Et ainsi de suite jusqu'à ce que l'ensemble de sacs rassemblés soit retranscrit sur les ficelles colorées.

Lya ne comprenait toujours pas ce qui se passait devant elle. Des dizaines de questions fusaient dans sa tête. Qui étaient tous ces gens ? D'où venaient-ils ? Pourquoi portaient-ils tous ces sacs ? Que pouvaient être ces animaux étranges ? Et cette place, ce n'était certainement pas la Place des Cardeurs à Aix-en-Provence ! Où diable était-elle ?

À ce même instant, l'un des centurions cria d'une voix forte : « Hâtez-vous ! Hâtez-vous tous ! Car dans une lune, notre Empereur, l'Inca Pachacutec, reviendra dans notre ville sacrée de Cuzco. Et ainsi qu'à sa demande, le recensement des récoltes devra être achevé le jour même de sa venue. »

Inca ? Cuzco ? Ces deux mots transpercèrent Lya au moment où elle se souvint les avoir lus dans le livre de Marianne. Et ces hommes devant elle, vêtus de pagnes, ressemblaient fortement à ceux dessinés dans le livre. Ces animaux à l'allure fière devaient être des *lamas*. Tout à coup, elle comprit.

« Cuzco, balbutia Lya. Je suis à Cuzco, au temps des Incas… »

Soudain, ses pensées se brouillèrent, ses mains devinrent moites, ses jambes se mirent à trembler, son cœur à tambouriner. De peur ou d'excitation ? Elle ne le savait pas.

Comment était-ce possible ?

L'Empire inca avait été fondé vers le XIIe siècle, au niveau de l'actuel Pérou, tandis qu'elle, Lya Méliandi, était née en 1993 et n'avait jamais quitté la France !

Comment pouvait-elle se retrouver en Amérique du Sud alors que le matin même elle terminait un contrôle de géométrie dans son collège !

Lya se souvint alors du médaillon. Elle se remémora les images et les sons qui avaient empli son esprit au moment où elle le passait autour de son cou. C'était ces mêmes images d'hommes travaillant à la sueur de leur front, ces images de murs aux pierres lisses et énormes qu'elle voyait maintenant, bien réelles, de ses propres yeux.

Soudain, elle se mit à imaginer une explication complètement saugrenue. Était-il possible qu'en le passant autour de son cou, le médaillon l'ait transportée au Pérou, au temps de l'Empire inca ? Était-il possible qu'il lui ait fait traverser les siècles, les océans et les montagnes pour la conduire dans le pays et à l'époque dont lui-même était issu ?

Cette explication lui semblait complètement invraisemblable. Et pourtant… c'était la seule à laquelle elle pouvait penser.

Les idées s'entrechoquaient dans sa tête et une seule évidence s'imposait : Lya était seule, dans un pays qu'elle ne connaissait pas, au milieu de gens qu'elle ne connaissait pas mais dont elle pouvait mystérieusement comprendre la langue. Sa nouvelle apparence physique la rendait semblable aux personnes qui l'entouraient et ses connaissances sur le peuple inca, acquises lors de la lecture du livre mystérieux, lui permettaient d'interpréter les événements qui se déroulaient devant elle.

Surgit alors dans son esprit la question à laquelle elle ne pouvait pour l'instant répondre par elle-même : « Pourquoi ? »

Silencieusement, elle quitta la grande place grouillante et tumultueuse et remonta la rue d'où elle était venue quelques minutes plus tôt. Instinctivement, elle se dirigea vers l'endroit où elle s'était réveillée afin d'y chercher un quelconque indice pouvant l'aider à rentrer chez elle. Puisqu'elle était parvenue jusqu'à Cuzco, il devait bien exister un moyen pour l'en faire repartir…

Lya retrouva la maison avec le pot de terre cuite rempli d'eau. La ruelle était toujours vide et aucun bruit, aucun son de voix ne s'échappait des alentours.

Revenue à son point de départ, elle tourna et agita le médaillon dans tous les sens pour le refaire fonctionner. Elle regarda par terre, souleva chaque caillou et chaque brindille, dans l'espoir d'y déceler un message de Marianne. Elle saisit le pot de terre, en vida l'eau et regarda dedans, derrière, dessous. Elle tenta de pousser les grosses pierres des murs, passa ses doigts fins au niveau de leurs contours.

En vain.

Le médaillon semblait bel et bien éteint.

Rien ne laissait deviner la présence d'un message codé ni même d'un passage secret.

Rien ne lui indiquait le moyen de rentrer chez elle.

Rien, ni personne ne pouvait l'aider.

Désemparée, Lya se laissa glisser contre le mur et s'assit sur le sol poussiéreux, la tête entre ses bras. Que se passerait-il si elle ne pouvait plus retourner à Aix-en-Provence ? Si elle ne revoyait plus jamais sa famille, Charline et Pierre-Yves ?

Elle sentit soudain une vague de découragement l'envahir et sa force optimiste s'évanouir. Lentement, une larme coula sur sa joue, laissant une trace humide sur son visage déjà bruni de poussière.

Ses pensées allaient vers ses amis, ses parents et son frère... Jamais elle ne s'était sentie aussi seule et perdue, livrée à elle-même.

Puis, lentement, du lointain de son enfance, une chanson lui revint en mémoire. Une chanson que son grand-père Hector lui chantait dans les moments difficiles :

« Même si le ciel est triste, que t'es seule sur la piste, ou l'dernier d'la liste,

Même si découragée, tu veux t'arrêter, tu ne peux plus marcher,

N'oublie pas, n'oublie pas, on est tous ensemble sur le même rafiot,

N'oublie pas, n'oublie pas, c'est le même vent qui secoue ce bateau,

Le vent de la vie. »

À mesure que les notes dansaient à nouveau dans sa tête, elle sentit une vague de chaleur renaître en elle.

« Cela ne sert à rien de rester là sans rien faire, se dit-elle en se redressant. Et pleurer ne résoudra rien. Il doit bien exister une solution. Il suffit de la trouver. »

À ce même moment, Lya entendit un bruit de galop s'élancer vers elle, immédiatement suivi d'un « Attention ! » crié de l'autre bout de la ruelle. Elle tourna la tête, et vit un lama qui dévalait la rue, droit sur elle. Elle eut juste le temps de se plaquer contre le mur de pierres lisses. L'animal passa si près, qu'elle sentit sa toison blanche frôler sa peau. Le souffle coupé, elle le regarda continuer sa course effrénée avant d'être stoppé net par trois hommes qui le maîtrisèrent avec une vitesse et une habileté remarquables.

Se remettant de sa soudaine frayeur, elle ne remarqua pas la présence qui s'était glissée à ses côtés.

– Est-ce que tout va bien ? Le lama ne t'a-t-il pas heurtée ?

Surprise d'entendre une voix amicale, Lya sursauta en se retournant. Devant elle se tenait un jeune homme aux traits fins. Il était vêtu d'une riche tunique parée de losanges bleus et jaunes et portait des sandales faites de fins tissages, confectionnés avec le plus grand soin par des mains précises. Il la regardait droit dans les yeux, visiblement inquiet pour elle. Lya sourit légèrement et vérifia que ses quatre membres étaient toujours bien en place.

– Oui, tout va bien, répondit-elle, étonnée de parler si facilement le quechua, la langue des Incas. Je m'appelle Lya.

– Je suis Mantero, répondit-il en la regardant rapidement de la tête aux pieds.

À son nom simple, son pagne sans motif et ses frêles sandales de paille, il devina immédiatement qu'elle était une fille du peuple. Elle ne devait donc pas se trouver près de la grande place Huaycapata, ce quartier de la ville était réservé à la noblesse…

– Je vois que tu viens d'un quartier éloigné d'ici, reprit-il. Que fais-tu donc, seule, à errer dans cette rue ?

Soudain, un reflet lumineux troubla le jeune homme. Ses yeux se posèrent sur la croix que Lya portait autour du cou. À sa vue, son corps se raidit.

« C'est la chacana, souffla-t-il dans son for intérieur. Le grand médaillon de l'Empire inca disparu depuis près de 100 ans ! Comment est-il possible que cette fille du peuple soit en sa possession ? »

D'une oreille distraite, il entendit la jeune fille lui expliquer qu'en voulant aller chercher de l'eau avec son pot de terre cuite, elle s'était égarée parmi les ruelles tortueuses.

« Vraisemblablement, elle ne dit pas toute la vérité, pensa Mantero. Tous les habitants de Cuzco savent pertinemment que les réservoirs d'eau se situent à l'extérieur de la ville. Il n'y a donc aucune raison pour que cette jeune fille soit si proche de la place centrale. Toutefois, si cette fille du peuple est en possession de la chacana, son mensonge doit certainement cacher une étonnante vérité. Il serait intéressant de la connaître… »

Lorsque Lya eut terminé son récit, Mantero lui fit une proposition :

– Tu dois être fatiguée d'avoir tant marché. Les rayons du soleil Inti, notre Père, sont brûlants et ce broc lourd a dû endolorir tes bras. Je vis au Coricancha, le Temple du Soleil. Si tu le souhaites, je peux t'y emmener et tu y resteras le temps de te reposer avant de reprendre ton chemin.

Mantero connaissait tous les risques que cette situation représentait. Si les prêtres découvraient une fille du peuple cachée dans sa cellule, ils lui infligeraient une terrible sanction qui le condamnerait au Monde d'En-Bas, une fois sa mort venue. Mais d'un autre côté, si personne ne se rendait compte de la présence de cette jeune fille, il pourrait découvrir le mystère de la chacana et la ramener, fièrement, devant l'Inca. L'Unique Seigneur le porterait alors en triomphe et saurait faire preuve d'une grande générosité pour le féliciter d'avoir retrouvé le précieux collier. Depuis le temps qu'il rêvait d'une telle reconnaissance… Malgré le grand risque, la récompense était très tentante…

« Il va falloir être prudent, se dit-il, frissonnant d'excitation devant l'aventure qui s'ouvrait à lui, et faire particulièrement attention aux murs dont les coins d'ombre cachent parfois des oreilles et des yeux indiscrets. »

Ne sachant pas où aller, Lya accepta cette proposition qui lui semblait tomber du ciel. Elle allait pouvoir rester dans un endroit sûr et réfléchir à un moyen pour rentrer chez elle.

Sans savoir pourquoi, elle se sentait en confiance avec Mantero. Il émanait de ce jeune homme à peine plus âgé qu'elle une sérénité presque palpable qui rassurait celui à qui il tendait la main.

Lya emboîta le pas de son hôte et le suivit sans un mot au cœur du dédale des ruelles de Cuzco.

4
L'enfant du Soleil

– Tiens, cache-toi ici, murmura précipitamment Mantero en indiquant une énorme jarre en terre ornée de motifs géométriques.

Sans oser protester, Lya se glissa à l'intérieur du pot dont l'étroitesse lui permettait tout juste de passer ses hanches. L'instant d'après, sans explication aucune, elle entendit le pas glissant de Mantero s'éloigner sur le sol dallé.

Puis le silence.

Recroquevillée sur elle-même, jambes pliées, bras croisés et tête courbée, Lya commençait à trouver la situation singulièrement ridicule. Repensant aux derniers événements, elle se demanda si elle n'avait pas commis une grosse erreur en suivant aveuglément ce jeune homme.

Après avoir traversé la moitié de la ville à pieds, ils étaient parvenus devant un immense édifice dont la porte avait une forme trapézoïdale étonnante. Mais ce qui avait le plus frappé Lya, c'était les murs... chaque centimètre carré des pierres qui composaient les murs était recouvert d'or...

– Voici l'entrée du Coricancha, avait murmuré Mantero en poussant l'énorme porte de bois sculpté. C'est le temple du Soleil, celui où les prêtres de Cuzco se rassemblent pour célébrer les cérémonies en l'honneur du Dieu Soleil. Et c'est également ici que j'habite.

Interloquée par ce qu'elle venait d'entendre, Lya n'avait pas résisté lorsqu'il lui avait pris la main pour l'emmener à l'intérieur du temple.

Ils s'étaient retrouvés sous un porche donnant sur une cour baignée de soleil et où la lumière se reflétait avec une intensité presque violente. Tout autour d'eux se déployait un jardin d'or et de pierres précieuses… des arbres en or, des fruits en or, des fleurs et des papillons en or, des lamas en or, des oiseaux en or, un grand champ de maïs en or… et au centre de ce jardin d'or culminait un bassin en or dominé par une fontaine d'or d'où s'écoulait de l'eau pure…

– Viens, ne restons pas là, avait soufflé Mantero.

Sans un bruit, il l'avait entraînée à travers les patios du temple, se faufilant entre les tentures colorées qui séparaient les salles au sol également recouvert d'or. Dans sa course, Lya avait pu apercevoir des tissus, des poteries et des vases qui ornaient chaque pièce ainsi que des statuettes en or nichées dans les murs. Le temple entier semblait construit dans l'or…

Leur course s'était interrompue au moment où Mantero lui avait indiqué la jarre aux décorations finement peintes en lui ordonnant de s'y introduire. Et depuis, Lya était seule, accroupie dans cet énorme pot de terre en train d'attendre elle ne savait quoi.

Sa nuque lui faisait mal. Ses genoux commençaient à s'ankyloser contre les parois de la jarre. Et elle ressentait un début de crampe au niveau de sa cheville. Mais le pire, c'était ce sentiment d'incertitude grandissant, mêlé d'incompréhension. De crainte aussi.

Tête baissée, elle ne pouvait voir ce qui se passait autour d'elle.

Où était Mantero ? Que faisait-il ? Et si jamais il avait deviné qu'elle n'appartenait pas à ce monde et qu'il voulait la dénoncer ? Ses pensées commençaient à se brouiller…

Soudain, elle entendit la voix claire du jeune homme murmurer : « Tu peux sortir maintenant. Le patio est libre. Dépêche-toi. »

Sans réfléchir, elle lui obéit une nouvelle fois.

Il était trop tard pour reculer. Et elle devait lui faire confiance.

Sans un bruit, ils longèrent un couloir où se reflétait la lumière des torches accrochées aux parois, puis traversèrent l'immense salle où avaient lieu les cérémonies d'adoration au Dieu Soleil. Avançant sur la pointe des pieds, ils se glissèrent le long des larges colonnes, devinrent ombres parmi les ombres, se mêlèrent au silence des pierres.

Soudain, un écho de voix étouffées s'éleva de l'autre côté du patio. Les deux compagnons s'arrêtèrent et retinrent leur souffle de peur que leur respiration ne les trahisse.

Paniquée, Lya chercha le regard de son ami. Mais Mantero ne la voyait pas. Le regard plongé dans le vide, il écoutait, concentré, les deux voix inconnues qui se rapprochaient à chaque seconde. Lya pouvait entendre son cœur battre et déchirer sa poitrine. Une goutte de sueur froide glissa le long de son dos. De l'autre côté de la tenture, les voix devenaient de plus en plus fortes, de plus en plus distinctes.

Mantero se plaqua contre le mur, entraînant Lya avec lui, sa main collée contre sa bouche pour l'empêcher de crier.

Lorsque les deux individus s'apprêtèrent à pénétrer dans la salle où Mantero et Lya s'étaient réfugiés, leurs voix se firent tout à coup moins pressantes. Risquant un regard au-dehors, Mantero vit les deux prêtres tourner à gauche pour poursuivre leur discussion.

Avec soulagement, le jeune homme relâcha son étreinte protectrice et Lya put se dégager de la force presque étouffante de son ami. Mantero attendit quelques instants, puis il jeta un regard furtif dans le couloir avant d'entraîner à nouveau Lya derrière lui.

Enfin, ils arrivèrent devant une rangée de portes aux sculptures grossières, toutes semblables les unes aux autres.

Mantero s'arrêta devant la seconde, la poussa et pénétra à l'intérieur en faisant signe à Lya de le suivre.

– Ici tu ne crains rien, chuchota-t-il en refermant la lourde porte.

À demi rassurée, Lya regarda autour d'elle. La pièce était sombre et grise, d'une tristesse accablante. Seule une petite lucarne donnant sur une cour intérieure laissait entrer quelques traits de lumière. Une simple natte à même le sol où gisait une couverture blanchâtre en laine de lama semblait servir de lit. De l'autre côté de la cellule, des tissus colorés étaient disposés par terre, en une pile parfaite.

– Peux-tu enfin m'expliquer où nous sommes ? interrogea Lya, irritée.

– Nous sommes dans ma cellule.

– Je ne comprends pas...

Mais au lieu de répondre, Mantero attrapa un des tissus et le lui tendit.

– Tiens, prends cette manta pour te couvrir. Les nuits sont particulièrement froides et humides. Reste là et ne fais aucun bruit. Je reviens.

Sur ces mots, il ouvrit la porte et disparut dans le couloir.

Une nouvelle fois, Lya se retrouva seule, sans aucune explication. Dans un soupir de lassitude, elle s'assit sur la natte étalée sur le sol et entoura ses épaules de la manta.

Elle commençait à trouver cette mascarade sincèrement agaçante mais elle ne pouvait faire autrement qu'attendre.

Alors elle attendit de longues minutes. Des minutes si longues et si froides qu'elles lui semblaient interminables.

Soudain, un claquement bref retentit suivi d'un grincement. Elle bondit hors de la couche, jetant la manta à terre et se cacha derrière la porte qui était en train de s'ouvrir.

– C'est moi, murmura la voix familière.

La porte se referma sur Mantero. Il regarda Lya avec un léger sourire de satisfaction. Dans sa main gauche, il portait un verre en terre cuite et dans l'autre une assiette remplie de galettes de maïs.

– Bois, lui dit-il en tendant le gobelet. L'*asua* ne peut que te faire du bien.

Lya porta le verre à ses lèvres et but le breuvage à grandes gorgées, heureuse de pouvoir enfin se désaltérer.

Mais lorsqu'elle reprit son souffle, le goût amer de la boisson se révéla, fort et tenace et elle ne put réprimer une grimace. L'asua lui rappelait la bière que ses parents buvaient de temps en temps, mais ce goût-ci était encore plus âpre.

– Elle est bonne, n'est-ce pas ? s'enquit Mantero en souriant. Tu dois également mourir de faim. Ces galettes de maïs sont pour toi.

Lya prit les galettes et les dévora en quelques secondes. Il lui semblait ne pas avoir mangé depuis des siècles ; ce qui était un peu vrai…

Après s'être rassasiée, elle retourna s'asseoir sur la couche.

– C'est ici que tu vis ? demanda Lya, quelque peu hésitante. Elle devait se montrer particulièrement prudente car la moindre de ses questions pouvait la trahir et lui être fatale.

– Oui, depuis quelques semaines…

– Mais où est ta famille ? risqua-t-elle.

– Ma famille vit toujours dans un village au nord de l'Empire. Les prêtres de Cuzco sont venus me chercher il y a un peu plus d'une lune et depuis, je vis ici, au Coricancha. Je participe aux cérémonies d'adoration, tout comme les autres Enfants du Soleil.

Mantero était un Enfant du Soleil !

Un pincement la prit au cœur lorsque Lya se remémora le passage qu'elle avait lu dans le livre de Marianne :

Les Enfants du Soleil étaient des enfants élus pour leur parfaite beauté et leur pureté. Issus de tout l'Empire, ils étaient considérés comme des représentants du peuple. Les prêtres les conduisaient à Cuzco pour accomplir de nombreux rites d'adoration en l'honneur du Soleil, de la Lune, la Foudre ou encore de l'Arc-en-Ciel. Ils se préparaient ainsi à donner leur vie pour leurs dieux en cas de grand danger menaçant l'Empire et à passer dans l'Autre-Monde.

Pour tout le peuple inca, ces enfants étaient des « Ambassadeurs de l'Au-delà ».

Lya avait été particulièrement interpellée par ce passage…

– Je suis très fier d'être un Enfant du Soleil, continua Mantero, le regard s'enflammant d'orgueil. C'est un grand honneur. Lors des cérémonies, les prêtres nous enseignent comment rendre hommage à Inti, notre Dieu Soleil, comment le servir au mieux. Et lorsque l'Inca le décidera, je serai à mon tour appelé pour être offert aux dieux. En leur donnant mon corps et mon âme, je sauverai mon peuple de leurs terribles colères.

Assise sur la couche, Lya écoutait, médusée, le récit passionné de Mantero. Elle ne perdait aucun mot, ni aucun mouvement du jeune homme qui parlait de son sacrifice futur avec une assurance et une sérénité déconcertantes. Comme si cet événement faisait partie de son cycle naturel de vie, comme s'il le savait inévitable et que lui-même ne souhaitait pas l'éviter.

En l'écoutant, Lya tremblait pour lui. Mais Mantero, ne semblait pas le remarquer. Plus rien ne semblait exister autour de lui.

– N'as-tu pas peur ? lui demanda Lya un peu hésitante.

– Peur ? La voix de Mantero s'était élevée sous l'étonnement.

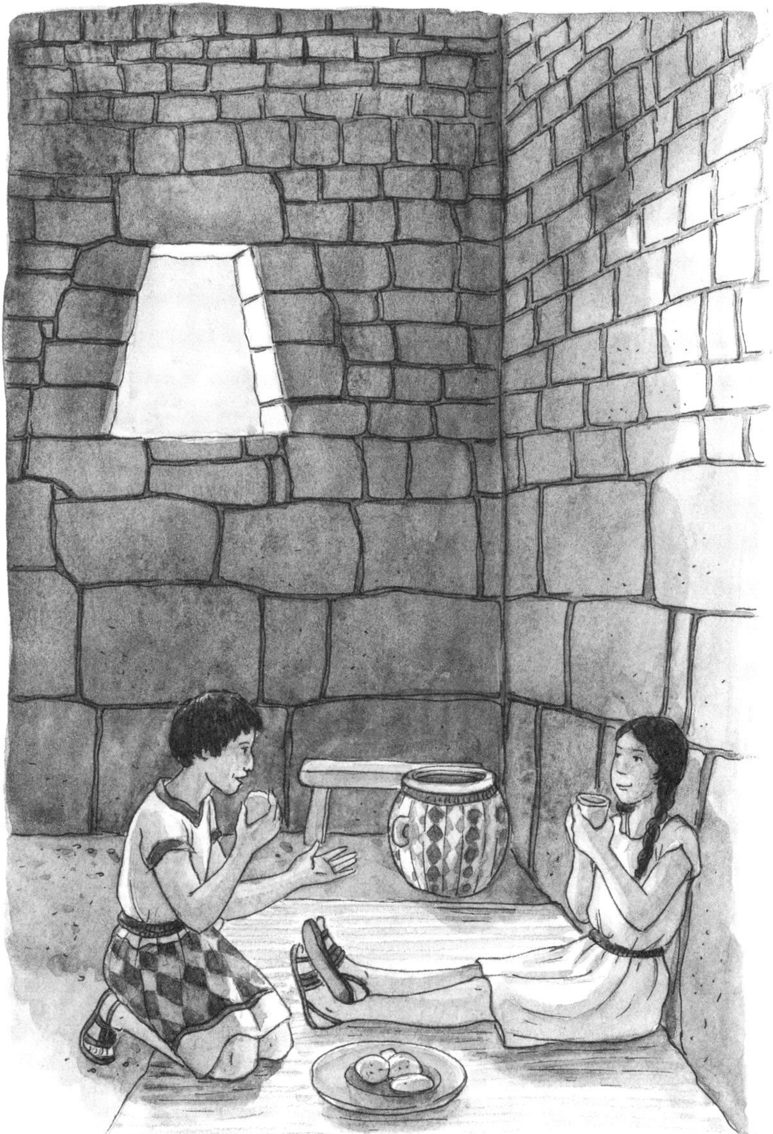

Réalisant que quelqu'un risquait de l'entendre, Mantero marqua un temps d'arrêt et vérifia qu'aucun bruit ne provenait du couloir. Puis il continua en mesurant l'intonation de chacun de ses mots.

– Peur de quoi ? Peur de rejoindre nos puissants dieux ? Peur de passer dans la Grande Vie de l'Autre-Monde ? Non, je n'ai pas peur. Bien au contraire…

Les traits de son visage s'étaient durcis et ses yeux noirs défiaient Lya de douter de sa parole.

– Les prêtres décrivent l'Autre-Monde comme un endroit de paix où ne sont acceptés que les valeureux qui ont agi pour la gloire de l'Empire et celle de l'Unique Seigneur. L'accès à l'Autre-Monde est une grande récompense, un véritable honneur. Alors non, je n'ai pas peur.

Lya regardait Mantero fixement, intensément. Son attention tout entière était concentrée sur chacune de ses phrases dont le sens et l'intensité la captivaient et la révoltaient à la fois.

Le choc de ses paroles retentissait en elle et en même temps, la fascinait.

Mantero comparait sa présence sur Terre à une étape sur le chemin vers l'Autre-Monde. Selon lui, sa vie avait moins de valeur que sa propre mort. Seul importait l'accomplissement de sa mission : offrir sa vie à ses dieux pour sauver celle de son peuple.

Une fois sa mission accomplie, alors l'Autre-Monde serait prêt à le recevoir.

Sans en avoir encore pleinement conscience, Lya était en train de découvrir une autre vision de la vie, dotée d'une valeur nouvelle.

Et sans le savoir, Mantero faisait découvrir à Lya une façon de penser entièrement différente de la sienne.

Lya dévisageait les traits fins de Mantero. Elle tentait de déchiffrer ses plissements d'yeux et de passer au travers du voile qui venait de se poser sur son regard. Elle le regardait, comme pour entrer au plus profond de lui et mieux le comprendre.

Mantero se leva vers la pile de mantas, en prit une seconde avec laquelle il entoura ses épaules et revint s'asseoir près de Lya.

D'une voix plus calme, il reprit :

– D'autres Enfants du Soleil sont partis avant moi. Grâce à leur sacrifice, l'Empire s'est relevé de longues périodes de famines, notre peuple a résisté à de graves épidémies et notre armée a vaincu nos ennemis les plus puissants.

Alors pourquoi devrais-je avoir peur ?

Sa question n'attendait aucune réponse. Et de toute manière, Lya ne pouvait lui en apporter aucune.

Le silence envahit lourdement la pièce et les deux jeunes gens sentirent leurs membres s'engourdir sous le poids de la fatigue. Ils s'allongèrent côte à côte sur la couche trop dure s'enveloppant dans les épaisses mantas et doucement, se laissèrent gagner par les vagues salvatrices du sommeil.

5
La légende de la chacana

Lorsque Mantero se réveilla, les fins rayons de soleil s'étaient pratiquement évanouis à travers la lucarne et la faible luminosité indiquait que l'après-midi laissait progressivement sa place au soir.

Le souffle long, il observa Lya encore aux prises d'un profond sommeil avant d'arrêter son regard sur le médaillon vert sombre. L'envie de le dérober était grande, presque pressante, mais son intuition lui recommandait d'être patient.

Que se passerait-il si elle se réveillait au moment où il tentait de voler le bijou ? Après réflexion, il valait mieux attendre encore. Une situation plus favorable allait certainement se présenter bientôt.

Sans un bruit, il sortit de sa cellule et se dirigea vers la salle où le Grand Prêtre de Cuzco, Villac Umu, réalisait chaque jour les cérémonies en l'honneur du Dieu Soleil.

Lorsque le jeune garçon pénétra dans la pièce, son maître se tenait de l'autre côté de la salle, entouré d'un profond silence.

Villac Umu était assis sur une natte étalée sur le sol. Sa longue toge noire recouvrait son corps pour ne laisser apparaître que ses mains jointes. Son visage ridé était tourné vers le Punchaco, le disque d'or incrusté de pierres précieuses, représentation sacrée d'Inti, le Dieu Soleil.

Villac Umu méditait, les yeux fermés. Des traits creusés par les longues heures de prière marquaient son front et ses tempes. La courbure de son dos trahissait la fatigue de son corps après tant d'années de dévotion au Soleil tandis que ses épaules voûtées semblaient porter au quotidien le destin de l'Empire du Tawantisuyu.

– N'aie crainte de me parler, Mantero, dit Villac Umu, les yeux toujours clos.

Depuis l'entrée de Mantero au Coricancha quelques semaines auparavant, Villac Umu avait pris son éducation sous sa propre responsabilité. Les oracles consultés la veille de son arrivée au Temple du Soleil avaient prédestiné à ce jeune garçon une place primordiale dans l'avenir de l'Empire. Dès lors, Villac Umu avait suivi de très près l'évolution de cet « enfant miracle », lui apportant au fur et à mesure les connaissances nécessaires pour continuer à faire de lui « l'*Élu* parmi les élus ». De son côté, enrichi par la protection et les enseignements du vieux prêtre, Mantero avait développé un fort sentiment de respect et d'admiration envers cet homme. Sentiment qui n'avait cessé de grandir.

– Vous m'avez reconnu, Villac Umu ? s'étonna Mantero.

– Le dynamisme de ton pas et la longueur de ton souffle te différencient des autres Élus, Mantero. Par ailleurs, oublierais-tu que je suis celui par qui l'agilité du puma et le sifflement du serpent te sont devenus si familiers ?

En disant ces derniers mots, Villac Umu avait tourné la tête vers Mantero et plongé son regard directement dans celui du jeune homme, lui rappelant comme à chaque fois qu'il lui était redevable de son savoir.

– Non, je ne l'oublie pas, répondit Mantero en baissant les yeux.

Le jeune homme se tenait toujours à l'entrée de la salle, dans l'ombre des tentures accrochées au mur. Il était venu avec l'intention de confier au Grand Prêtre qu'il se trouvait en possession de la chacana et souhaitait lui demander de précieux conseils pour l'offrir à l'Inca avec la plus grande dignité. Mais il réalisa soudain qu'il risquait ainsi de se compromettre lui-même : Villac Umu pouvait soupçonner ses escapades en ville alors même qu'il était formellement interdit aux Enfants du Soleil de quitter le Coricancha.

À présent, il ne savait plus si mentionner la présence du collier était la meilleure idée, mais une chose était certaine : il était trop tard pour faire demi-tour.

– Approche, mon garçon, prononça Villac Umu d'une voix claire et forte. Je sens que ton esprit est perturbé. Avance dans la lumière d'Inti et dis-moi ce qui rend tes pensées instables.

Mantero savait qu'il lui était impossible de reculer, ni même d'éviter le regard du Grand Prêtre. Lui, qui avait le pouvoir de reconnaître son pas et son souffle, lui qui sentait les perturbations de son esprit avant même que Mantero en ait conscience, ce même homme devait également pouvoir lire dans ses pensées. Le nier serait refuser de reconnaître la grandeur de Villac Umu. Et ce serait aller à l'encontre de problèmes dont il n'avait pas besoin pour l'instant.

Mantero avança d'un pas hésitant et lorsqu'il se retrouva face au Prêtre, il s'arrêta.

– Je repensais à la légende dont vous m'avez parlé il y a deux lunes de cela. La légende du médaillon que l'on nomme «chacana».

– La chacana n'est pas une légende, mon garçon, le coupa sèchement Villac Umu. C'est la raison de sa disparition qui est devenue une légende. Il fit une courte pause puis ajouta d'un ton invitant à la confidence : n'aie crainte de poser tes questions, je t'écoute.

– Je m'interrogeais sur l'importance de ce médaillon. Pour quelle raison est-il si essentiel pour l'Empire ?

– Ta curiosité s'éveille tout à coup… Pourquoi t'intéresses-tu maintenant à la chacana ?

– Pour toujours mieux servir Inti et l'Unique Seigneur Pachacutec, Maître… répondit Mantero sans hésiter. Tout ce qui fait la puissance de l'Empire du Tawantisuyu m'est important.

Villac Umu tourna son regard vers le disque d'or, symbole d'Inti, puis il entama son récit.

– Comme je te l'avais expliqué, la chacana fut taillée dans la pierre sombre du Machu Picchu, lors de la création de notre Empire par le Seigneur Manco Capac, il y a près de 350 ans.

Ce médaillon possède une puissance inestimable car il confère un pouvoir magique à celui qui le porte. Mais il y a un siècle environ, le médaillon disparut en emportant avec lui tous ceux qui en connaissaient le pouvoir. Aujourd'hui, nul ne sait quelle était la force de ce médaillon mais chacun le craint et le vénère toujours.

– Et qu'adviendrait-il si jamais quelqu'un retrouvait le collier ?

– Lorsque la chacana disparut, le Seigneur Inca Roka envoya tous ses *chasquis* aux quatre coins de l'Empire. Ces messagers avaient une mission de la plus haute importance : ils devaient remettre dans chaque ville de l'Empire des kipus dont l'ensemble des nœuds et des cordelettes de couleur codait le message suivant :

« Celui qui retrouvera la chacana sera dans le devoir de la rapporter à son lieu d'origine : la Cité Mystérieuse du Machu Picchu ».

– Et ensuite ? demanda Mantero, buvant les paroles de son Maître.

– C'est tout. La chacana n'a jamais été retrouvée.

– Et savez-vous pourquoi elle a disparu ?

– Mes connaissances s'arrêtent où mon récit prend fin, Mantero. Seuls les prêtres du Machu Picchu connaissent la mystérieuse vérité qui entoure la chacana. Et maintenant, le temps du questionnement est terminé, mon garçon. Tout comme l'est le temps du règne quotidien d'Inti. Rejoins les autres Élus pour les incantations d'accueil envers notre Mère Killa, la lune.

Avant de sortir de la salle, Mantero se retourna et vit le Grand Prêtre Villac Umu à nouveau plongé dans sa méditation. Sur son visage s'était formé un étrange sourire…

Lorsqu'il ouvrit la porte grinçante de sa cellule, Mantero retrouva Lya à nouveau cachée derrière celle-ci, brandissant l'assiette en terre cuite. Perchée sur la pointe des pieds, elle était prête à sauter sur l'intrus qui pénétrait dans la pièce.

– Pas de panique, c'est moi, dit Mantero en l'agrippant par les poignets pour l'empêcher de l'assommer. Cela peut être dangereux…

Reconnaissant son ami, Lya recula et baissa son arme de défense improvisée. D'un air méfiant, elle se pencha rapidement pour voir si quelqu'un se trouvait derrière Mantero. Lorsqu'elle se fut assuré que personne ne l'avait suivi, elle se tourna vers lui les joues rouges de fureur :

– Où étais-tu ? Pourquoi es-tu parti si longtemps ? Pourquoi m'as-tu laissée seule ? Ses yeux brillaient de colère.

– Je chantais les incantations en l'honneur de Killa, répondit simplement Mantero. Il décida de ne pas évoquer la discussion qu'il avait eue avec Villac Umu au sujet de la chacana. En parler avec Lya maintenant pouvait éveiller ses soupçons. Et c'était un risque qu'il ne pouvait courir.

– Tu chantais les quoi ? demanda-t-elle sans cacher son étonnement.

– Les prières pour accueillir la Lune notre Mère. Nous réalisons cette cérémonie chaque jour au Coricancha lorsque le coucher du Dieu Soleil annonce la venue de la Lune.

– C'est pour cela que tu m'as laissée seule ici ? Je pensais que tu étais allé parler de ma présence aux prêtres…

Mantero planta fixement son regard dans celui de Lya et dit d'une voix calme et assurée, en pesant chacun de ses mots :

– J'ai promis de t'aider et de t'héberger avant que tu ne rentres chez toi. Je tiendrai parole, tu peux me faire confiance. Et je ferai tout pour que personne ne se rende compte de ta présence ici.

– Si tu m'avais laissé un message, je ne me serais pas inquiétée…

Au moment même où elle prononçait ces mots, Lya réalisa son erreur. Elle se souvint que les Incas ignoraient tout de l'écriture et que seuls les Kipucayamacos détenaient la connaissance des Kipus, qui leur servaient de messages codés. Sa remarque était complètement déplacée…

Du coin de l'œil et le cœur en alerte, elle vérifia si Mantero avait relevé son erreur. Mais celui-ci semblait maintenant bien loin, plongé dans ses pensées. Visiblement, quelque chose le tourmentait mais il ne souhaitait pas en parler.

– Je meurs de faim, annonça-t-elle, à la fois pour rompre le silence gênant qui s'installait et parce que son ventre commençait à nouveau à crier famine. Les trois galettes de maïs englouties quelques heures auparavant étaient certes délicieuses, mais elles étaient loin d'être suffisantes…

– Mange ces *papas*, dit-il en sortant du haut de sa tunique trois pommes de terre douces de couleur rosée. Cela devrait calmer un peu ta faim.

Lya prit les papas et les dévora aussi goulûment que les galettes de maïs. Se léchant les doigts, elle remarqua que Mantero était allé s'asseoir sur la pile de mantas, dos contre le mur. Il était étrangement silencieux, la tête légèrement baissée et le regard fixé sur le sol. Certes, elle ne le connaissait que depuis quelques heures, mais elle pouvait sentir une rupture dans son comportement et elle commença à craindre ce changement soudain.

Mantero fut le premier à rompre le silence.

– Lya, osa-t-il timidement, il y a une question qu'il faut que je te pose.

Devant le hochement de tête, il continua.

– Ce médaillon que tu portes autour de ton cou. Peux-tu me dire comment tu es entrée en sa possession ?

Lya se sentit blêmir. Bien évidemment, elle avait pensé que Mantero l'interrogerait à un moment ou un autre sur sa vie, sa famille ou encore sur son origine. Mais à aucun moment elle n'avait imaginé qu'il s'intéresserait au collier et elle n'avait préparé aucune explication à ce sujet.

– Je l'ai trouvé sur un chemin, affirma-t-elle d'une voix la plus assurée possible. Ce petit mensonge était le plus rapide et le plus simple qui lui était venu à l'esprit. Certes, sa grand-mère lui avait toujours dit que mentir était pécher, mais à ce moment précis, il s'agissait d'une situation exceptionnelle. «Et à situation exceptionnelle, remède exceptionnel», se dit-elle.

Mantero émit un bruit sourd, indiquant qu'il n'était pas entièrement convaincu. Il la regardait fixement comme pour déceler le vrai du faux.

– Sais-tu seulement ce qu'il représente ?

Lya se souvenait vaguement des explications lues dans le livre de Marianne, mais le sérieux de Mantero lui indiquait qu'elle ne pouvait s'aventurer sur ce sujet.

– Non, je ne connais pas sa signification, admit-elle. Je l'ai vu briller parmi les cailloux alors je l'ai pris. Qu'a-t-il de si particulier ?

– Ce médaillon porte le nom de «chacana» et il a appartenu à notre grand chef Manco Capac. Il y a 100 ans, la chacana a mystérieusement disparu sans que personne ne sache pourquoi. Et aujourd'hui, elle réapparaît comme par enchantement sur un chemin, puis autour de ton cou. C'est un signe de renouveau pour l'Empire du Tawantisuyu. Et c'est toi qui en transmets le message.

Les yeux de Lya s'agrandirent d'étonnement avant de se poser sur le médaillon. Comment se pouvait-il que ce collier, qui ressemblait plus à une vieille breloque soit aussi essentiel pour l'Empire inca ? Et que voulait dire Mantero par « C'est toi qui en transmets le message » ? À sa connaissance, elle n'avait aucun message à transmettre à qui que ce soit !

– Il y a un élément important que je ne t'ai pas précisé, reprit Mantero. Selon la légende, la chacana confère un pouvoir magique à celui ou celle qui le porte. S'est-il produit un changement lorsque tu l'as mis autour de ton cou ? As-tu observé des modifications en toi ?

– Non, je n'ai rien remarqué de tout ça, répondit Lya, ayant du mal à cacher son trouble. Rien ne me semble avoir changé. Après quelques secondes de silence, elle continua : j'ai trouvé le médaillon hier. Peut-être que le pouvoir ne s'est pas encore déclenché. Peut-être se révélera-t-il plus tard…

– Peut-être… répéta Mantero machinalement, à nouveau plongé dans ses pensées.

À son tour Lya se tut et réalisa que quelques éléments de réponse commençaient à émerger en elle.

Oui, elle avait remarqué de nombreux changements depuis qu'elle portait le médaillon autour de son cou.

À commencer par son arrivée dans l'Empire inca, son apparence de paysanne ou encore sa maîtrise du dialecte quechua.

C'était cela, le pouvoir magique de la chacana, elle en était certaine.

Mais il lui était impossible d'en parler à Mantero : ce serait lui avouer qu'elle n'était pas d'ici, qu'elle venait d'un autre monde, d'une autre époque… ce qu'il n'était certainement pas capable d'entendre.

Et même si Mantero était son ami, une telle révélation risquerait de l'exposer à des dangers qu'elle n'était pas prête à affronter.

Puis un flot de questions la submergea à nouveau…

« Pourquoi elle ? Quelle était la raison de sa présence ici ? Comment rentrer au château d'Aix ? Qu'allait faire Mantero sachant le pouvoir suprême de la chacana ? D'autres personnes étaient-elles au courant ? »

Tant d'incertitudes qui la laissaient, seule, dans le brouillard de l'inconnu…

*

Au moment où la porte de la cellule se referma, une longue toge noire sortit de l'ombre d'un pilier et plongea dans l'ombre d'un autre. Le tissu ne laissait aucun centimètre de peau visible, confondant l'homme avec les ténèbres qui l'entouraient.

Ses pas glissaient sur les dalles régulières et il progressait ainsi, scrupuleusement, vers la porte du jeune Élu. Pas un bruit autour de lui, pas un souffle… rien ne semblait pouvoir perturber son avancée. La salle se teintait des couleurs de la nuit comme pour mieux préserver l'identité de son protégé.

Lorsqu'il arriva devant l'entrée de la cellule, Villac Umu sentit la forme ovale au creux de ses mains se réchauffer sensiblement.

– Elle est là, murmura-t-il. Mes doutes sur l'intérêt soudain de Mantero pour le médaillon étaient donc justes. La chacana est ici, derrière ce mur. Un sourire se forma au coin de sa bouche tandis qu'une flamme jaune se mit à danser dans son regard. À partir de maintenant il sera aisé de dérober le pendentif, mais le Coricancha n'y est pas propice.

Si mon intuition me guide à nouveau dans la bonne direction, ils partiront dès demain pour le Machu Picchu… Ils devront passer par la jungle, ce qui est pour moi un véritable avantage : la densité de la végétation me permettra de faire disparaître aisément toute trace de leur passage.

Le prêtre longea les murs en direction de sa propre cellule, sans pouvoir contrôler les palpitations nerveuses qui l'animaient.

Au creux de ses mains, la chaleur de la pierre diminuait à chaque pas qui l'éloignait de la chacana.

6
La malédiction d'Inti

La nuit était encore noire. Des reflets de lune traversaient l'unique lucarne, baignant la cellule d'une lumière argentée qui jouait sur les formes courbées de Mantero. Lya se réveilla en sursaut.

– Qu'est-ce que tu fais ? demanda-t-elle, inquiète de l'agitation nocturne de son ami.

– Nous partons, répondit Mantero sans même relever la tête.

– Pardon ? Comment ça, "Nous partons" ? En pleine nuit ? Et où allons-nous ?

Mantero se releva et planta son regard dans celui de Lya. À son air grave, la jeune fille comprit qu'il venait de prendre une décision sans appel.

– Nous allons à la Cité du Machu Picchu.

Lya devina immédiatement les intentions du jeune homme. Un lourd silence envahit la pièce, puis elle osa la question dont elle redoutait la réponse :

– Tu veux rapporter la chacana à la Cité Mystérieuse, n'est-ce pas ? un ton d'inquiétude dans la voix.

– Ce n'est pas moi qui le veux, répondit-il d'un ton sec. C'est Manco Capac, notre grand Empereur et fondateur de Cuzco, qui l'exige.

– Mais Manco Capac est mort depuis plus de 300 ans ! Et il est fort possible que plus personne ne se souvienne de la chacana !

Choqué par ses paroles, Mantero la toisa d'un air qui la laissa de glace.

– Est-ce que tu te rends compte de ce que tu viens de dire, Lya ? Tu oserais défier les ordres de l'Unique Seigneur ? Tu oserais aller à l'encontre de la prophétie et refuser qu'elle ne s'accomplisse ?

Lya réalisa qu'elle était allée trop loin et que ses propos risquaient de la mettre en danger. Elle baissa les yeux devant le regard foudroyant de Mantero.

– Rien ne t'oblige à m'accompagner, continua-t-il. Je ramènerai, seul, la chacana à la Cité du Machu Picchu.

Il tendit sa main vers Lya, lui ordonnant sans prononcer un seul mot, de lui confier le précieux médaillon. Surprise par l'autorité soudaine de Mantero, Lya prit la cordelette entre ses doigts et commença à la dénouer. Mais soudain son instinct lui souffla de conserver le médaillon avec elle.

– Non, reprit-elle, en stoppant son geste. Je viens avec toi.

– Soit, prononça lentement le jeune homme, étonné par son ton soudainement ferme. La route qui mène à la Cité Sacrée s'appelle le « Camino Inca ». Ce chemin est parsemé d'obstacles et de dangers. À deux, nous aurons peut-être plus de chance de les franchir.

Il baissa sa main restée tendue dans le vide, se rassit sur le sol gelé et, méticuleusement, disposa de maigres provisions sur un grand tissu strié de couleurs avant de le plier en forme de balluchon.

Les longues journées de marche qui les attendaient seraient certainement exténuantes, et chaque manta, chaque feuille de *coca* et chaque grain de maïs leur apporteraient la chaleur et la force nécessaires pour avancer dans les hauteurs humides et hostiles des montagnes qui protégeaient la Cité du Machu Picchu.

À présent ils devaient se hâter, profiter des ombres de la nuit pour se glisser hors du Coricancha, quitter Cuzco sans alerter les gardes et atteindre le début du Camino Inca au moment où la lumière du jour deviendrait plus forte.

*

Lorsque la grande porte du Coricancha se referma sur eux, les deux enfants coururent se cacher dans le creux d'un porche. La ruelle était vide, lourde de silence et d'inconnu. Cachés dans l'ombre, ils se sentaient protégés par la nuit et le brouillard encore dense.

Tout autour d'eux, la ville entière semblait toujours endormie. Dans les maisons aux murs d'adobe, les habitants de Cuzco profitaient de leurs dernières heures de sommeil avant de se consacrer à la récolte du maïs, au tissage de la laine d'*alpaca* ou à la confection des armes qui assureraient la victoire de l'armée royale sur l'ennemi… Dans quelques heures ils retourneraient comme chaque jour à ces tâches lourdes et épuisantes qui faisaient leur quotidien.

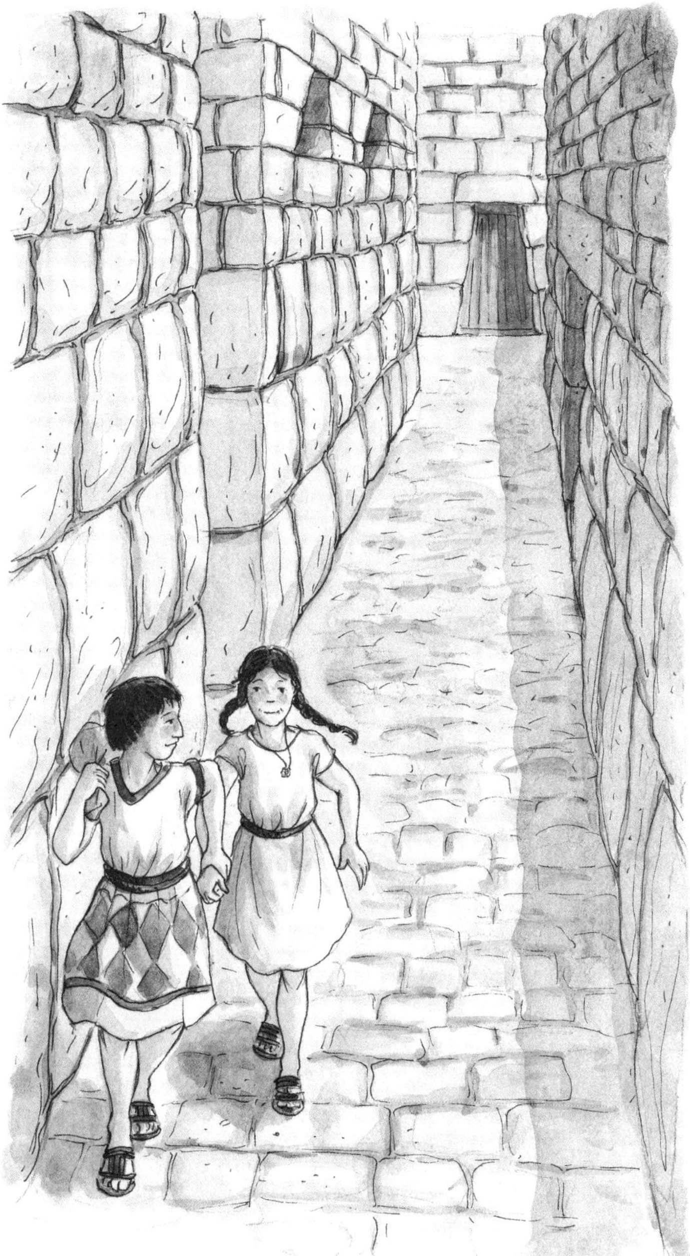

— Viens, murmura Mantero, ne restons pas là. Dès que le soleil se lèvera, les prêtres s'apercevront de mon absence et l'alarme sera lancée. Dépêche-toi.

Il attrapa Lya par le poignet et l'entraîna derrière lui. Tous deux se mirent à courir sur le sol glissant d'humidité.

*

Après avoir quitté Cuzco, ils marchèrent longtemps dans la campagne embrumée, suivirent le lit asséché de la rivière Urubamba, traversèrent les villages sans faire de bruit…

Le soleil était à présent haut au-dessus de la ligne d'horizon et Mantero se retournait régulièrement pour vérifier que personne ne les suivait. Il pouvait imaginer les chasquis en train de parcourir les chemins munis de kipus ordonnant de retrouver l'Élu. Le jeune homme prenait un air qui se voulait assuré pour ne pas inquiéter Lya, mais elle pouvait sentir que la peur ne le quittait pas.

Ils abandonnèrent alors les chemins battus et traversèrent des champs de quinoa pour limiter leurs traces. Par instants, Lya oubliait leur fuite et, tout en continuant à marcher d'un pas rapide, elle regardait autour d'elle, surprise par la beauté du paysage qui se dévoilait à chacune de ses foulées. Ils étaient entourés d'immenses plaines crénelées de montagnes aux sommets légèrement enneigés. Les rayons du soleil donnaient aux champs de maïs des reflets chauds, et il en émanait une lumière dorée, doucement scintillante sur les versants blancs des montagnes. Ces vagues d'or donnaient à l'atmosphère une sensation de mystère qui se propageait vers le ciel.

Captivée par l'instant, Lya s'arrêta pour contempler cette lumière qui lui semblait presque palpable. Jamais elle n'avait vu une telle clarté s'élever autour d'elle, jamais elle n'avait ressenti autant de sérénité émaner d'une plaine où champs et montagnes se profilaient avec harmonie. Tout lui semblait irréel.

– Lya ? Pourquoi t'arrêtes-tu ? Est-ce que tu t'es fait mal ?

– Non, tout va bien. Je voulais juste… Elle hésita. J'avais besoin de reprendre mon souffle, continua-t-elle.

– Cela fait plusieurs heures que nous courons sans nous reposer. Arrêtons-nous quelques minutes, dit-il en indiquant un coin d'ombre.

Lya remarqua que le ciel se teintait de couleurs grises et que des masses nuageuses se formaient au loin.

– Il va bientôt se mettre à pleuvoir, dit Lya. Nous devrions trouver un abri.

– Pleuvoir ? As-tu déjà vu une goutte de pluie tomber dans toute la région ? Mantero regardait Lya avec un air de surprise. Comme chaque jour précédant la pleine lune, le ciel va se charger pendant quelques minutes puis les nuages vont disparaître aussi vite qu'ils sont apparus.

Lya regarda à nouveau par-dessus son épaule et vit les nuages s'évaporer peu à peu.

– Je crois que jamais nous ne saurons pourquoi la pluie a cessé de tomber sur nos terres, reprit Mantero en s'asseyant sur une pierre plate. Le Grand Prêtre Villac Umu m'a raconté qu'autrefois l'eau était fraîche et abondante dans toute la région. Les puits et la rivière Urubamba étaient remplis d'eau. Est-ce que tu imagines ?

Ses yeux brillaient en évoquant l'eau qu'il avait si souvent imaginée couler à profusion… Il marqua un silence puis regarda autour de lui d'un air méfiant avant de murmurer :

– Les prêtres parlent d'une malédiction infligée par Inti, le Dieu Soleil, à notre peuple il y a plus de 100 ans…

– Mais pourtant, il y a de l'eau dans la ville de Cuzco ! s'exclama Lya. Je l'ai vue couler de mes propres yeux…

– Fille du peuple, ton cœur est courageux, mais ton esprit est bien limité…

Piquée au vif par la réflexion presque insultante de Mantero, Lya se retint de lui répondre sur le même ton. Elle brûlait d'envie de lui clouer le bec, mais, consciente du risque, elle ravala son orgueil. De son côté, Mantero arbora un air fier :

– Puisque l'eau ne nous parvient plus directement, c'est nous qui la faisons venir jusqu'ici. Lorsque la sécheresse s'abattit sur la région, le puissant Seigneur Inca Roca qui régnait à l'époque, comprit très rapidement la gravité de la situation. Il mit au point un système très efficace d'irrigation entre Cuzco et les régions de l'Empire où l'eau tombait encore à profusion.

– N'aurait-il pas été plus simple de quitter Cuzco pour aller vers une région qui n'avait pas été frappée par la malédiction ?

La question tomba comme une pierre de fronde et le regard de Mantero fut aussi tranchant que l'affront que Lya venait de commettre sans s'en rendre compte.

– Quitter la Cité aux Murs d'or ? Abandonner le palais royal ? Certainement pas ! Cuzco est La Ville Sacrée de l'Empire. Viracocha, le Dieu Créateur de Toute Chose, a ordonné à Manco Capac de construire la Cité précisément à cet endroit. Jamais nous ne l'abandonnerons.

Il reprit son souffle avant de continuer. Son regard brûlait de fierté et d'arrogance.

– Notre peuple ne capitule pas devant un obstacle. Il s'adapte, il le contourne.

Et c'est précisément ce que nous avons fait : nous nous sommes adaptés. Chaque jour, Prêtres et Élus prient Inti pour que celui-ci se montre clément et qu'il nous rende cette eau qu'il nous a confisquée.

7
Sur la route de la Cité Sacrée

Les rayons du soleil étaient déjà hauts dans le ciel lorsqu'ils arrivèrent au pied d'une montagne recouverte d'une végétation foisonnante.

– Et maintenant ? demanda Lya en s'asseyant sur un rocher. Où se cache-t-elle, ta Cité Mystérieuse ?

– À quatre jours de marche dans la jungle.

– Quatre jours !

– Viens. Ne perdons pas notre temps en bavardages inutiles. Dans la jungle nous serons moins facilement repérables par les chasquis.

– Mais tu m'avais parlé d'un chemin, pas de jungle ! Comment s'appelle-t-il déjà ?

– Le Camino Inca. C'est un chemin qui traverse la jungle. Enfin… s'il existe réellement. Le Grand Prêtre Villac Umu a un jour évoqué son existence. Mais à sa connaissance, personne ne sait où se trouve la cité du Machu Picchu.

– Et tu penses vraiment que l'on a une chance de trouver ce chemin caché dans cette immense jungle ? D'ailleurs, il n'est pas question que j'y fasse un seul pas. J'ai déjà vu des reportages à la télévision et je sais qu'il y a plein d'araignées énormes et velues, des serpents qui se glissent dans ton pantalon, sans parler des moustiques qui piquent à travers tes vêtements. D'autant plus que, bien évidemment, on n'a pas d'anti-moustique. Mantero, tu m'écoutes ?

Mais Mantero avait disparu.

Lya sentit la panique s'emparer d'elle instantanément.

– Mantero ? Où es-tu ? Mantero !

Mais seul le cri perçant d'un immense oiseau noir qui planait dans le ciel lui répondit. Lya suivit le vol de l'animal quelques secondes avant d'être à nouveau gagnée par la peur. Autour d'elle, rien ne bougeait, aucun bruit ne s'élevait. Elle s'imagina livrée à elle-même, devant faire face, seule, aux dangers de la jungle. Elle se vit poursuivie par les soldats, devant dormir dans les arbres pour mieux se cacher… Lorsque soudain elle entendit des brindilles craquer derrière elle. Elle se retourna.

– Je l'ai trouvé ! s'exclama la voix familière. Le Camino Inca existe !

– Tu n'es pas parti ? Je t'interdis de m'abandonner encore une seule fois !

– T'abandonner ? Qu'est-ce que tu dis… pendant que tu te reposais, je suis parti chercher le début du Camino. Et je l'ai trouvé… Viens, il est juste à une centaine de mètres d'ici. Les indications de Villac Umu se sont révélées justes…

Toujours un peu hésitante, Lya se résigna à suivre Mantero. Elle n'avait que peu de choix et au fond d'elle, elle gardait l'espoir de trouver dans cette Cité Mystérieuse un moyen de rentrer chez elle.

« La chacana est issue du Machu Picchu, se dit-elle. Une fois ramené à son lieu d'origine, il est possible que le médaillon me renvoie chez moi, de la même manière qu'il m'a transportée ici. »

Perdue dans ses pensées, Lya n'avait pas remarqué qu'elle avait pénétré au cœur de la jungle. Elle leva la tête et s'arrêta. Elle était entourée d'arbres immenses dont elle ne pouvait voir les cimes. Leurs branches grimpaient vers le ciel, entremêlées. Leurs feuillages touffus formaient comme un tapis vert où seuls filtraient quelques fins rayons de soleil. Son regard se baissa vers les troncs massifs que rien ne semblait pouvoir déloger de leur écrin de terre. Leurs énormes racines émergeaient du sol en vagues houleuses pour replonger un peu plus loin dans la terre. Du coin de l'œil, elle vit Mantero avancer et s'aider de ces racines comme de marches pour arpenter le chemin. Elle s'empressa de lui emboîter le pas et régla son rythme sur le sien.

Commença pour eux une longue marche, rapide et régulière. Ils marchèrent la journée entière, ne s'arrêtant que pour manger des grains de maïs et boire quelques gouttes d'asua. Concentrés sur chacun de leurs pas, leurs échanges étaient brefs et peu nombreux, afin de conserver le plus de forces possible.

Soudain, la vue autour d'eux se dégagea et ils arrivèrent au creux d'une vaste vallée. Lya respira un grand coup. Devant elle, la vallée s'ouvrait… Elle releva la tête, captant l'air frais du vent qui pénétrait peu dans la jungle, ce qui lui procurait un sentiment d'étouffement. Elle laissa échapper un soupir de bien-être… mais ce soupir s'interrompit dès que ses yeux se posèrent sur le col en face d'elle.

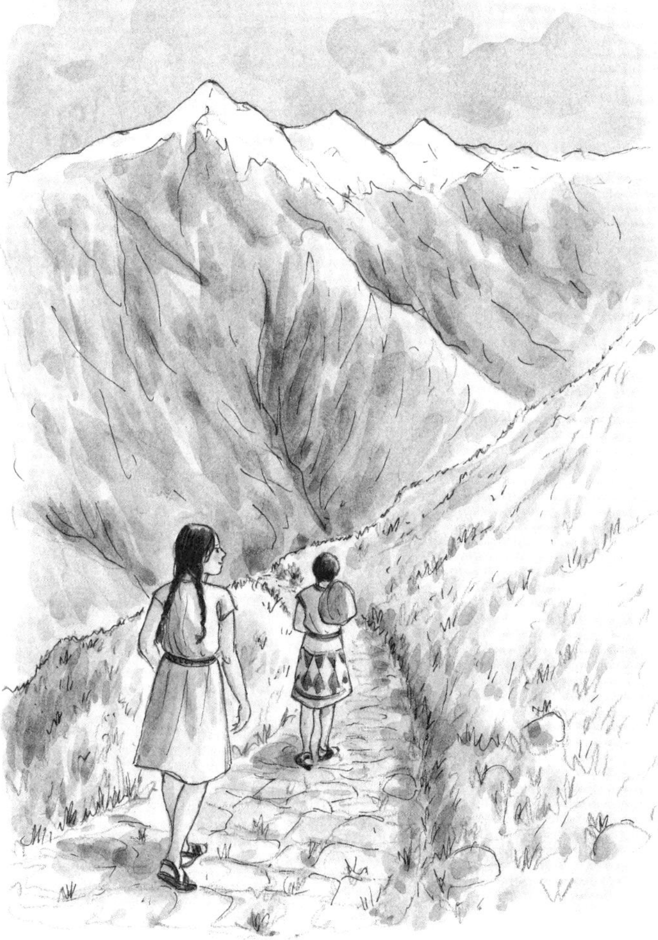

Le sentier qu'ils suivaient depuis des heures grimpait jusqu'au sommet de la montagne et semblait ensuite plonger dans le vide de l'autre côté.

Lya sentit soudain toute l'énergie qui lui restait se volatiliser en un instant. Elle s'assit dans la poussière et fondit en larmes. Mantero s'accroupit à côté d'elle.

– Que se passe-t-il, Lya ? Pourquoi te mets-tu dans cet état-là ?

– Je ne vais jamais y arriver, sanglota-t-elle, ses yeux rivés sur ses chevilles gonflées par l'effort.

– Courage… Cette pente est certainement la dernière… Après le sommet, le chemin redescend et ce sera plus facile. On s'arrêtera de l'autre côté pour passer la nuit. Il se redressa et lui tendit la main. Mais pour l'instant, on ne peut pas rester ainsi à découvert. C'est beaucoup trop dangereux. Viens…

Il l'aida à se relever lentement et quand ses pas redevinrent plus assurés il lâcha son bras.

La pente n'était certes pas très forte, mais elle était constante et Lya sentait ses forces amoindries par leurs longues heures de marche depuis l'aube.

Péniblement, elle avançait pas à pas. Elle s'efforçait de penser aux douceurs d'Aix-en-Provence qu'elle retrouverait une fois la chacana ramenée à la Cité du Machu Picchu. Ses pensées voguaient entre ses parents, Charline et Pierre-Yves et cela l'aidait à oublier le chemin qui lui restait à parcourir.

Lorsqu'ils atteignirent enfin le sommet, un épais brouillard baignant l'autre côté de la vallée les enveloppa.

L'air lourd et dense rendait la visibilité difficile. Sous leurs pieds, le chemin de terre faisait place à un chemin de pierres aux dalles glissantes.

– Nous sommes sur la bonne voie ! s'exclama Mantero. Cette voie dallée doit mener directement à la Cité Mystérieuse, j'en suis persuadé…

Il passa devant pour ouvrir le chemin et tous deux s'enfoncèrent à nouveau dans la jungle en suivant le sentier clairement dégagé entre les arbres.

Lya remarqua que la luminosité avait fortement diminué depuis quelques minutes et la fatigue commençait à la gagner à nouveau.

– Mantero, je pense qu'il est temps de s'arrêter. La nuit va bientôt tomber…

Le jeune homme leva la tête et vit à son tour que les ombres s'allongeaient autour d'eux.

– Très bien, dit-il. La journée a été longue et il nous faut récupérer des forces pour demain. Il regarda autour de lui et vit une cavité dans un mur de roches un peu plus loin. Nous allons passer la nuit dans cette grotte, elle nous protégera du froid.

Mais à peine entrés, Mantero se dirigea à nouveau à l'extérieur.

– Je vais tenter de trouver quelque chose à manger, expliqua-t-il.

– Je viens avec toi.

– Non. Il vaut mieux que tu restes ici et que tu te reposes. Prends la manta où se trouvent les provisions, elle te tiendra chaud. Je reviens vite.

Sur ces mots, il sortit de la grotte, laissant Lya seule. Elle se dirigea vers le balluchon laissé par terre, l'ouvrit et déposa les grains de maïs sur une pierre avant d'entourer ses épaules de l'épais tissu. Peu à peu elle pouvait sentir le froid commencer à la pénétrer et la fatigue engourdir ses membres.

Soudain, elle entendit des craquements à l'extérieur de la grotte.

Elle se leva et se dirigea au dehors, persuadée de trouver Mantero revenant avec un dîner improvisé. Mais Mantero n'était pas là et seul le bruissement des branches faisait écho à son inquiétude montante. Elle se sentit peu rassurée, entourée de la jungle hostile et un frisson parcourut son dos.

Au moment où elle s'apprêta à entrer à nouveau à l'intérieur de la grotte, elle perçut un mouvement fin et rapide entre les arbres. Elle s'immobilisa et scruta l'endroit où le mouvement s'était arrêté. Soudain elle vit une forme noire se muer à nouveau dans les feuillages. Ses courbes étaient amples et souples comme si une longue toge noire flottait d'un arbre à l'autre et se rapprochait à pas déterminés.

Puis un autre craquement bref claqua au-dessus d'elle.

Lya leva la tête et vit le puma dominer le rocher. Son pelage ocre, ses traits noirs autour des yeux, ses pattes énormes… sa prestance majestueuse imposait le respect. Elle était fascinée par cette force de la nature…

Devait-elle fuir ?

Se réfugier dans la grotte ?

Crier à l'aide ?

Incapable du moindre mouvement, elle demeurait pétrifiée, ses yeux plantés dans ceux du fauve.

Soudain, il ouvrit sa gueule découvrant ses crocs acérés. Lya recula, buta contre une racine et perdit l'équilibre. Lourdement, elle tomba sur le sol quand l'animal se mit à rugir. Mais ce qu'elle entendit n'était pas un rugissement… il lui semblait distinguer des bribes de phrases… des mots que le puma prononçait…

– Fille du peuple inca, que fais-tu en mon royaume ? La jungle est mon territoire… Pourquoi y as-tu pénétré ?

Interloquée, Lya ne parvint à articuler aucun mot. Le puma commença à s'impatienter, grattant la terre de ses longues griffes.

– Réponds, fille du peuple…

– Je… Je suis à la recherche du Machu Picchu, répondit Lya, la voix tremblante.

– L'accès de la Cité Sacrée est interdit à quiconque… La raison de ta venue doit être tout autre… Je te pose une dernière fois la question, fille du peuple : pourquoi es-tu entrée sur « mon » territoire ?

– Je te dis la vérité, puma. Je ne voulais pas t'offenser. Je souhaite seulement atteindre la Cité du Machu Picchu.

– Si tu dis vrai, fille du peuple, pourquoi veux-tu t'y rendre ?

– Je dois y ramener ce médaillon, dit Lya en sortant le pendentif de sa chemise.

Mais l'apparence du médaillon n'était plus la même… sa couleur était devenue vert émeraude et il brillait au creux de sa main.

– La chacana… murmura le puma.

En prononçant le nom du médaillon, l'animal se baissa devant Lya en une révérence respectueuse.

– Lya ! Cours à l'intérieur de la grotte ! Le puma va attaquer !

Mantero se précipita vers elle, le visage affolé, et lui sauta dessus pour la protéger du fauve. Plaquée contre le sol, Lya ne pouvait plus bouger.

– Tout va bien. Le puma ne va pas attaquer…

Poussant Mantero sur le côté, elle se tourna vers l'animal.

– Puma, comment connais-tu ce médaillon ?

– C'est le pendentif de l'Unique Seigneur Manco Capac, celui qui permet aux hommes de communiquer avec les dieux et les forces de la nature. Je le connais car il a été creusé dans la pierre du Machu Picchu. Tous les animaux de la jungle et les éléments naturels le respectent ainsi que celui qui le porte.

Interloqué, Mantero attrapa Lya par le bras.

– Que se passe-t-il, Lya ? Tu peux parler au puma ? C'est impossible…

– Cela me semble également difficile à croire… Je crois que c'est grâce au médaillon… Tu te souviens que tu m'avais parlé d'un pouvoir magique transmis à celui qui porte ce collier ?

– Oui, c'est ce que la légende affirme…

– Je pense que c'est son pouvoir : la chacana me permet de parler au puma et certainement à d'autres éléments naturels…

Elle s'interrompit avant de reprendre :

– Et si la légende dit vrai au sujet du pouvoir magique, il y a de grandes chances pour que le reste le soit également. Tu avais raison, Mantero…

– Que veux-tu dire ?

– Si nous ramenons la chacana à la Cité du Machu Picchu, il y a de grandes chances pour que la malédiction soit brisée et que l'eau coule à nouveau dans tout l'Empire…

– Je peux vous emmener à la Cité Mystérieuse, l'interrompit le fauve.

Lya se tourna vers le puma, les yeux pleins d'étonnement.

– La route jusqu'au Machu Picchu est difficile et suivre le Camino Inca comme vous l'avez fait jusqu'à présent est dangereux : vous allez arriver aux *tambos* ; ce sont des postes de surveillance où les gardes arrêtent et exécutent tout étranger qui tente d'atteindre la Cité.

– Qu'est-ce que tu proposes, puma ?

– La jungle est mon univers et j'en connais les moindres recoins. Je peux vous conduire à la Cité Mystérieuse en évitant les postes de garde. Et vous arriverez au Machu Picchu dès demain.

Lya se tourna vers Mantero et lui expliqua la proposition du puma.

– Il n'en est pas question! s'exclama Mantero. À la première occasion, il nous dévorera! Et je suis persuadé que nous pouvons trouver seuls un moyen de contourner les tambos.

Lya vit dans ses yeux une lueur mêlée de crainte et de méfiance.

– Je pense que tu sous-estimes la difficulté du Camino Inca, Mantero. Les dangers sont certainement plus nombreux que ce que tu crois. Et si nous nous faisons repérer par les gardes, il y a peu de chances que nous puissions ramener la chacana au Machu Picchu et délivrer Cuzco de la malédiction. Est-ce ce que tu veux?

Mantero détourna son regard. Elle continua:

– De plus si le puma avait voulu nous dévorer, il l'aurait fait depuis longtemps.

Le jeune homme dut admettre que son raisonnement était juste.

– Très bien, admettons que tu aies raison. Quel est ton plan?

– On attend le lever du jour et on suit le puma. C'est aussi simple que cela.

Lorsqu'ils rentrèrent dans la grotte, Lya repensa à la forme noire qu'elle avait vue se mouvoir entre les arbres. Elle se retint d'en parler à Mantero qui était déjà inquiet de la présence du puma.

« Et puis, se dit-elle, cela devait être l'ombre d'un animal perché dans les arbres… Personne ne sait que nous sommes ici. »

Les deux enfants s'installèrent près du puma, et se préparèrent à passer une nuit particulièrement froide.

*

Non loin de là, caché parmi les lianes de la jungle, un homme vêtu d'une longue toge noire épiait l'entrée de la grotte. Villac Umu maugréait encore de ne pas avoir pu saisir l'occasion quelques minutes auparavant.

Mantero parti, il s'était rapproché sans faire de bruit de la cavité où les deux enfants s'apprêtaient à passer la nuit. Lorsque Lya était sortie de la grotte, quelques pas le séparaient d'elle… quelques pas seulement… Mais au moment où il allait sortir de l'ombre pour dérober le médaillon, le puma avait rugi au-dessus de lui. Il était alors trop tard pour agir sans terminer entre les crocs du fauve.

Dissimulé entre les troncs d'arbres, il avait assisté au dialogue entre Lya et l'animal.

Comme l'avait affirmé la légende, la chacana permettait à son possesseur de parler avec les animaux…

Villac Umu possédait la Pierre Noire de Feu. Mais malheureusement, la pierre seule n'avait qu'un pouvoir limité et il n'avait pas pu comprendre ce qu'avait dit le puma. Toutefois, d'après les réponses de Lya, Villac Umu avait pu déduire que le fauve les emmènerait à la Cité du Machu Picchu…

En cet instant, les deux enfants dormaient dans la grotte, protégés par le puma et Villac Umu enrageait encore… À présent, il serait beaucoup plus difficile de voler le médaillon…

Et pourtant…

Pourtant, il devait absolument trouver une solution…

Il était impératif de maîtriser Lya avant qu'elle ne prenne entièrement conscience de l'ampleur du pouvoir de la chacana…

Impératif de détenir la chacana ainsi que les autres magnikus pour que la force de la Pierre Noire de Feu puisse enfin se libérer…

8
La Cité Sacrée du Machu Picchu

Lorsque les premiers rayons du soleil commencèrent à se lever sur la jungle, le trio avait quitté la grotte depuis près de deux heures.

La faible luminosité rendait leur avancée difficile, ils devaient se fier aux yeux perçants du puma et suivre chacun de ses pas.

Peu à peu, ils s'éloignèrent du sentier dallé pour s'enfoncer plus profondément dans la jungle, où toute trace de civilisation avait disparu. Le chemin qu'ils suivaient était plus dangereux que le Camino Inca. De longues lianes bloquaient le sentier et freinaient leur progression. De grandes et fines tiges se hissaient devant eux, cisaillant leur peau et leurs vêtements. Les deux compagnons devaient protéger leur visage en repoussant les branches de leurs bras écorchés.

Face à la densité de la végétation, Mantero passa devant Lya et, muni de sa machette, fraya un passage pour faciliter leur avancée.

Au bout de plusieurs heures de marche, ils parvinrent en bas d'une côte abrupte et entreprirent de l'escalader. La côte était tellement boueuse et glissante qu'ils durent s'accrocher aux branches des arbres et prendre appui contre leurs troncs pour grimper.

Par endroits, la terre s'écroulait sous leurs pieds et ils se retrouvaient plusieurs mètres plus bas, affalés dans la boue. Épuisés par leur chute, ils devaient recommencer l'ascension.

Une fois parvenus au sommet, ils se retrouvèrent sur une crête dont le chemin étroit dominait à la fois l'immense forêt et la vallée : d'un côté se trouvait la jungle et ses arbustes aux épines longues et perçantes, et de l'autre côté, le vide.

Ils avançaient prudemment en calculant chacun de leurs pas. Chaque mouvement risquait de les faire glisser dans le ravin… et le vent rendait leur avancée encore plus dangereuse… Mais rester immobile pouvait également leur être fatal car leur poids fragilisait la crête. Alors ils se couchèrent sur le sol et rampèrent progressivement en s'accrochant aux pierres.

Arrivé à la fin de la crête, le puma s'arrêta derrière un rocher. Lorsque Lya et Mantero furent à sa hauteur, il leur expliqua :

– Nous allons bientôt arriver en vue du Machu Picchu, leur dit-il. À partir d'ici, la seule façon d'atteindre la Cité est de regagner le Camino Inca. Nous devons donc redescendre dans la jungle.

– Et les tambos ? demanda Lya. Comment allons-nous éviter les gardes de la Cité ?

– Nous avons dépassé tous les postes de garde. À présent, le chemin est dégagé. Suivez-moi.

L'animal descendit la pente et disparut dans la jungle, immédiatement suivi par les deux enfants.

Ils retrouvèrent le sentier aux larges pierres inégales. Lya sentait les muscles de ses cuisses tirer sévèrement. Elle s'arrêta et se courba en avant pour reprendre son souffle. Le fauve l'observait du haut de la côte suivante.

– Puma, j'ai besoin que l'on s'arrête quelques minutes. Mes jambes tremblent et je meurs de faim…

– Ce ne sera pas nécessaire, fille du peuple. Nous sommes arrivés.

Lya releva la tête, stupéfaite. Toute trace d'effort et de douleur laissa place à l'étonnement.

– Que se passe-t-il ? demanda Mantero, qui n'avait pu comprendre les paroles du puma.

– Nous sommes au Machu Picchu… souffla Lya en se mettant à courir.

Gagnée par un élan d'énergie qu'elle-même n'aurait jamais soupçonné, elle atteignit à son tour le haut de la côte où s'achevait le Camino Inca.

Lorsqu'elle découvrit la Cité Mystérieuse, Lya en eut le souffle coupé.

Des dizaines de *wasi,* ces maisons de pierre et aux toits de paille, se dressaient autour d'une grande place. De cette place recouverte d'herbe verte partaient des ruelles dont le dédale formait un labyrinthe où déambulaient les habitants de la Cité. Au centre, les fontaines reliées à des aqueducs alimentaient la ville et les cultures en eau. Plus bas se trouvaient les terrasses où les paysans de la Cité cultivaient le maïs, le quinoa et la pomme de terre douce.

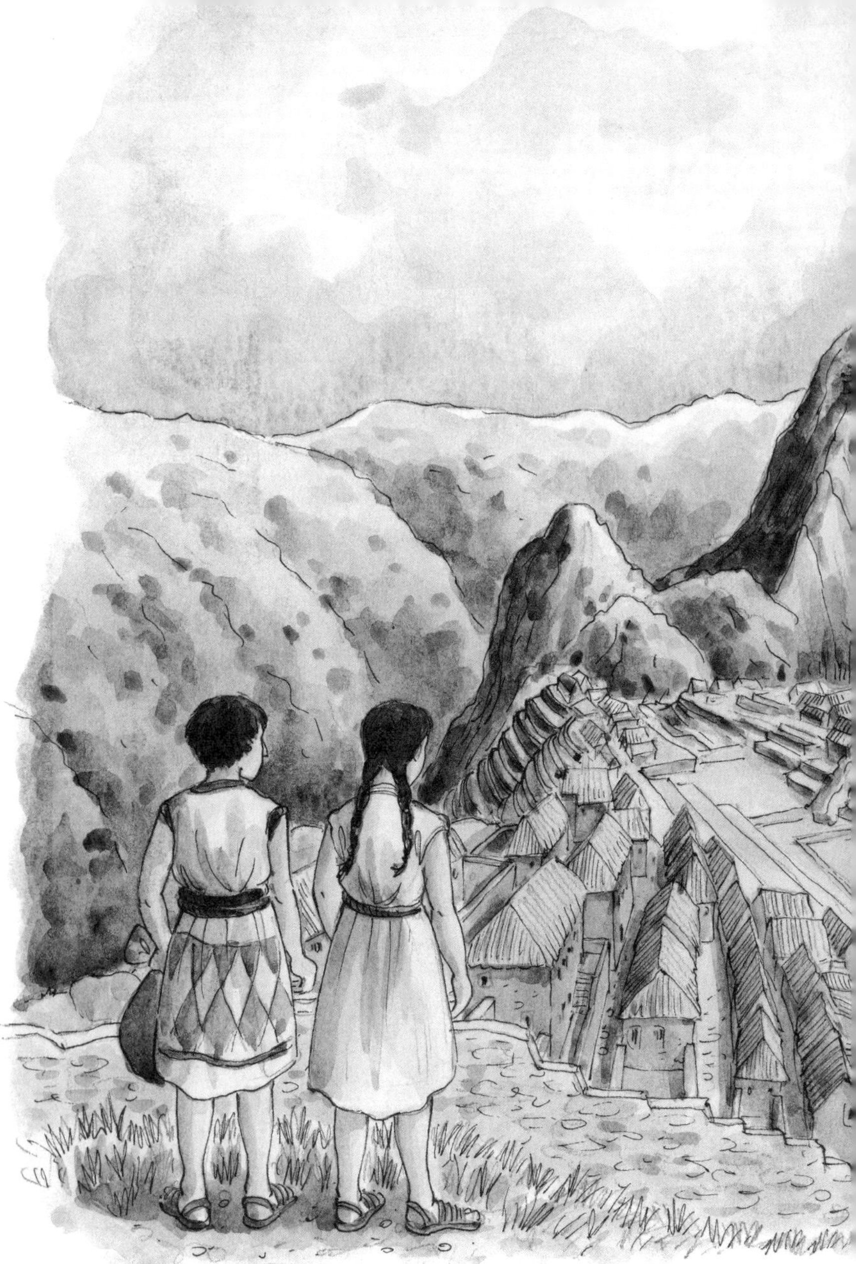

Du haut de la côte, Mantero lui montra un grand édifice qui devait être le Temple du Soleil où étaient célébrées toutes les incantations faites en l'honneur d'Inti.

Autour d'eux, le silence régnait.

La ville baignait dans une sérénité parfaite et inaltérable, protégée par deux hautes montagnes, dont l'une d'elles, la montagne du Machu Picchu, avait donné son nom à la Cité.

Un cri long et perçant retentit au loin et Lya vit l'immense oiseau noir planer calmement au-dessus de la vallée : le condor s'imposait naturellement comme le souverain de ces hautes altitudes.

Soudain, Lya sentit un espoir resurgir en elle.

Elle allait bientôt rentrer chez elle… elle le sentait…

– Allons-y ! s'exclama Lya en se tournant vers ses deux compagnons de route.

Mais le puma avait disparu. Sans un bruit il s'était éclipsé dans la dense végétation de la jungle. Sa mission était accomplie…

Lya regarda Mantero et tous deux, en silence, descendirent vers l'unique entrée de la Cité Mystérieuse.

*

– Retenez vos pas, étrangers !

Les deux enfants s'arrêtèrent net.

De derrière un mur, deux gardes s'élancèrent en brandissant leurs lances. Les pointes en pierre touchaient les tuniques des deux inconnus.

– La Cité du Machu Picchu est interdite à tous ceux qui n'y ont pas vu le jour. Comment osez-vous violer la Loi d'Inti notre Dieu Soleil ?

Les deux soldats les regardaient droit dans les yeux, offusqués par l'affront que les deux intrus venaient de commettre. Ils avancèrent, agitant leurs boucliers pour les forcer à reculer.

Pétrifiés, Lya et Mantero ne parvenaient pas à prononcer un mot. Leurs yeux étaient rivés sur les lances qui les menaçaient. Au bout de quelques secondes qui leur semblèrent interminables, Mantero reprit ses esprits. Pour se donner de l'importance, il redressa son buste, prit un air sévère et força sa voix.

– Nous… nous venons de Cuzco. Et nous exigeons de rencontrer…

– La chacana… Le soldat qui le maintenait en garde l'interrompit. Son regard était fixé sur le médaillon qui dépassait de la tunique de Lya.

Les deux hommes armés échangèrent rapidement quelques mots, et, dans un claquement de langues, ils agrippèrent les deux étrangers et les emmenèrent à l'intérieur de la Cité.

Sur leur passage, les gens s'arrêtaient, les dévisageaient, murmuraient des bribes de phrases inaudibles. Ceux qui étaient sur leur passage mirent fin à leurs activités. Les femmes cessèrent d'alimenter le feu qui réchauffait la soupe familiale du soir, les hommes posèrent leurs fardeaux et abandonnèrent leurs outils dans la poussière et, tous, dans une marche lente et distante, suivirent les prisonniers.

Ils arrivèrent sur la Place Sacrée où se trouvait un groupe d'hommes aux longues toges de couleurs. Droits, le visage grave et fermé, ils regardaient sans bouger les deux intrus avancer vers eux. Les soldats s'arrêtèrent et poussèrent les prisonniers vers le centre de la place. Lya et Mantero tombèrent à genoux.

– Relevez-vous !

La voix venait de s'élever de derrière le rang d'hommes. Brève et cinglante. Elle ne laissait aucune alternative possible.

Les deux jeunes gens s'exécutèrent. Ils se mirent debout en scrutant le groupe d'hommes devant eux pour percevoir celui à qui appartenait la voix.

Soudain un claquement sec retentit. Les *amautas*, les sages de la Cité, s'écartèrent, et un homme à l'allure imposante s'avança. Son regard était sévère, son menton droit, son port royal. Ses longs cheveux noirs lui parvenaient jusque sous les épaules, ses oreilles étaient percées de grands anneaux dorés qui avaient agrandi ses lobes au fil des années. Sa tunique rouge tissée de fils d'or et d'argent tombait sur ses pieds chaussés de sandales finement tressées. Une ceinture réfléchissant les rayons du soleil serrait le tour de sa taille, et des bracelets encerclaient ses poignets.

Il s'avança vers les deux compagnons et s'arrêta à quelques pas d'eux. Puis son regard se posa sur Lya et la dévisageant, il s'adressa à elle :

– Te voici enfin.

9
La prophétie des 7 condors

Autour d'eux, la foule se pressait. Très vite la nouvelle s'était propagée dans les ruelles et dans les champs et tous les habitants de la Cité avaient accouru vers la place centrale.

Lya et Mantero étaient entourés des deux gardes qui les avaient arrêtés sur le chemin. Devant eux, l'homme à la tunique rouge se dressait face à la foule, tête haute, tourné vers le soleil. Lorsque le silence se posa sur l'assemblée, sa voix s'éleva, forte et puissante.

– Peuple de la Cité du Machu Picchu, la prophétie annoncée par le vol des sept condors vient de se réaliser !

Un long murmure se propagea dans la foule. Lya se pencha vers Mantero.

– Qui est cet homme ?

– Je ne sais pas… Je pense que c'est…

La pointe de la lance sur sa gorge le coupa net.

– Taisez-vous ! Le garde était rouge de fureur. Comment osez-vous interrompre Tayka, le grand prêtre de la Cité du Machu Picchu ?

L'homme à la toge rouge reprit.

– Il y a 100 ans, la danse aérienne de sept condors avait annoncé la venue de deux jeunes inconnus porteurs de la croix creusée dans la pierre du Machu Picchu. Avec le retour de la chacana, la malédiction du Dieu Soleil serait à jamais brisée : la pluie tomberait à nouveau abondamment et elle rendrait à notre terre mère, la Pacha Mama, toute sa fertilité… Mes amis, peuple de la Cité du Machu Picchu et peuple du Royaume du Tawantisuyu, ce jour est venu !

Sur ces derniers mots, quatre jeunes filles vêtues de tuniques aux couleurs chaudes et brodées d'or vinrent l'une après l'autre déposer un présent aux pieds du prêtre. Il était toujours tourné vers le soleil, les yeux clos. Lorsque la quatrième et dernière jeune fille eut déposé son paquet, l'homme se baissa. Il prit le premier présent, une manta striée de couleurs vives et il étendit le tissu sur le sol. Lentement, il s'agenouilla dans un coin de la manta et attrapa deux autres paquets. Il en sortit des épis de maïs et des feuilles de coca qu'il déposa sur les trois autres coins du tissu. Il conserva quelques feuilles de coca dont il ôta la tige de ses dents. Il les plia en deux et les enfourna dans sa bouche. Tout en mâchant lentement, il prit le dernier présent : un broc de terre contenant un liquide jaunâtre et mousseux. Il versa sur le sol quelques gouttes de la précieuse asua et, dans un état de semi-conscience, il entonna les incantations.

– Inti, Dieu Soleil, moi, Tayka, grand prêtre de la Cité du Machu Picchu, je me remets à toi.

Le plus miséreux de tes enfants,
Le plus miséreux de tes servants,
En larmes t'implore.

Accorde le miracle de l'eau,
Accorde le miracle de la pluie,
Accorde-le à cette personne malheureuse,
L'Homme que Pachacamac notre Dieu a créé.

– C'est la prière faite au Dieu de la terre pour que la pluie tombe, murmura furtivement Mantero, la gorge nouée.

Lya se souvint d'avoir lu dans le livre de Marianne que les Incas avaient souvent recours aux sacrifices pour satisfaire les dieux du ciel et de la terre et que les prêtres s'y préparaient en récitant des prières. Alors, pour la première fois, Lya eut peur pour leurs vies.

Lorsque le prêtre eut terminé ses incantations, un paysan à la peau usée par le travail des champs, amena un lama. La bête tirait sur la corde en poussant des cris de terreur et refusait d'avancer. L'homme força le lama vers l'autel situé au centre de la place.

Le prêtre se leva, prit le *tumi*, la dague qu'il utilisait pour chaque sacrifice et se dirigea vers la pierre blanche où trois serviteurs tenaient l'animal allongé. Lya comprit que ce n'était pas leur vie qui était menacée, mais celle du lama : le cœur de l'animal allait être offert au Dieu Soleil. Le prêtre brandit la dague vers le ciel. Lya ferma les yeux à l'instant même où le couteau pénétra dans le cœur de la bête.

Les mains encore recouvertes de sang chaud, le prêtre se dirigea vers Lya. Son visage était grave et son regard planté dans le sien. Prise d'un élan de panique, Lya regarda autour d'elle pour trouver un échappatoire. Mais la foule était dense et même si elle parvenait à se dérober aux gardes qui l'entouraient, ils la rattraperaient bien avant qu'elle n'atteigne la jungle.

Soudain, au cœur même de l'assemblée, elle aperçut une longue tunique noire bouger et se rapprocher. Le souvenir de la forme sombre et longiligne se mouvant parmi les arbres de la jungle lui revint en mémoire. Le déplacement léger et furtif était le même… Elle scruta la foule devant elle mais la forme noire avait disparu… puis elle réapparut, plus proche encore, plus puissante, plus pressante. Cette fois-ci, Lya distingua les traits rigides d'un homme, et son regard vif et obscur où dansait une flamme jaune. Une vague de frissons la parcourut…

« Ce regard, se dit Lya… Je connais ce regard… mais d'où ? »

Lya sortit subitement de ses pensées. Le prêtre se tenait devant elle, droit et rigide, son regard sévèrement ancré dans le sien.

– Fille du peuple, lui dit-il, tu portes autour de ton cou la chacana et c'est elle qui aujourd'hui, t'a menée jusqu'ici. Elle a guidé tes pas vers la Cité du Machu Picchu, lieu sacré auquel elle appartient. Tayka s'interrompit quelques instants avant de reprendre. Fille du peuple, donne-moi le médaillon.

Lya ne réagit pas. La chacana était la clé qui lui permettrait de rentrer chez elle, elle en était de plus en plus convaincue. C'était pour cette raison qu'elle avait accepté de suivre Mantero jusqu'au Machu Picchu. Si elle donnait le médaillon au prêtre, elle risquait de perdre son unique chance de retourner à Aix-en-Provence.

– Fille du peuple, donne-moi le médaillon, répéta Tayka d'un ton plus rude.

Lya se tourna vers Mantero et l'interrogea du regard. Le jeune homme lui répondit par un signe de tête approbatif.

Alors, doucement, Lya défit le lacet de cuir et tendit le pendentif au prêtre. Celui-ci contempla le médaillon dans sa main puis avança vers le centre de la place et s'adressa au soleil.

– Inti, Dieu Soleil, il y a 100 ans jour pour jour, l'Homme t'a déçu. L'Homme voulait être plus fort que toi et il s'est confronté à ta puissance. L'Homme a osé te défier alors tu l'as condamné. Tu as déployé tes rayons brûlants et ils ont répandu sécheresse et malheur sur l'Empire du Tawantisuyu. Ce faisant, tu as rappelé à l'Homme sa petitesse face à la grandeur de ta force.

Le grand prêtre brandit le médaillon vers le ciel.

– Inti, Dieu Suprême, accepte aujourd'hui ce témoignage de paix. Pardonne à l'Homme sa faiblesse et aide-le à combattre les désirs néfastes qui hantent son esprit.

Tout autour, l'assemblée plongea dans un profond silence. Chacun retenait son souffle, craignant qu'Inti refuse la paix proposée par le prêtre et qu'il accable l'Empire d'un fléau plus terrible encore. Tous regardaient le ciel, les yeux baignés d'anxiété et d'espoir.

Tout à coup, le ciel s'obscurcit. Les montagnes devinrent plus sombres et leurs sommets disparurent derrière les masses nuageuses de plus en plus denses. Les habitants de la Cité gardaient leurs yeux rivés vers le ciel qui leur apparaissait comme ils ne l'avaient encore jamais vu.

Et soudain, une goutte, puis deux, puis trois tombèrent du ciel orageux avant de se transformer en une pluie déferlante.

D'abord surprise, la foule entière se mit à hurler de bonheur et à danser sous la pluie salvatrice. Tous goûtaient à la joie de sentir sur leurs bras et leur visage les gouttes fraîchement tombées du ciel. Jamais, depuis près d'un siècle, aucune eau ne s'était abattue sur la Cité… Les enfants se mirent à jouer dans les flaques et se roulèrent dans la boue, les femmes attrapèrent les plus jeunes pour les laver dans les petits torrents qui dévalaient les ruelles, les hommes remercièrent Inti pour les futures récoltes fructueuses…

La Cité entière devinait la venue d'une ère nouvelle…

Le visage toujours tourné vers le ciel, les mains ouvertes pour recevoir la pluie, le grand prêtre récitait les incantations bénissant la venue des deux enfants et la bonté d'Inti. Puis, lorsqu'il eut fini, il se pencha vers Lya et lui rendit le médaillon.

– Comme le veut la légende, ce médaillon te revient de droit. Garde-le précieusement, fille du peuple, car il est le signe de la paix renouée entre l'Homme et Inti, notre Dieu Soleil.

Tayka regarda à nouveau le bonheur des habitants de la Cité puis il s'adressa aux deux compagnons.

– Quel est ton prénom, fille du peuple ?
– Je m'appelle Lya. Et voici Mantero.

– Entrez dans mon temple et venez vous reposer. Nous avons longuement à parler.

Ils pénétrèrent dans l'enceinte d'un édifice fait d'immenses pierres parfaitement posées les unes contre les autres. Celles servant de base aux murs étaient de la taille d'un homme. Leur assemblage était exceptionnel et la surface du mur extrêmement lisse.

Ils traversèrent un petit patio dont le sol dallé faisait raisonner leurs pas. Dans les murs, étaient creusées des petites niches qui abritaient des statuettes en or représentant le condor, le puma ou le serpent. Pendant leur marche sur le Camino Inca, Mantero lui avait raconté de multiples légendes sur ces trois animaux. Ils étaient extrêmement vénérés pour la force qui les caractérisait : le condor avait le pouvoir de

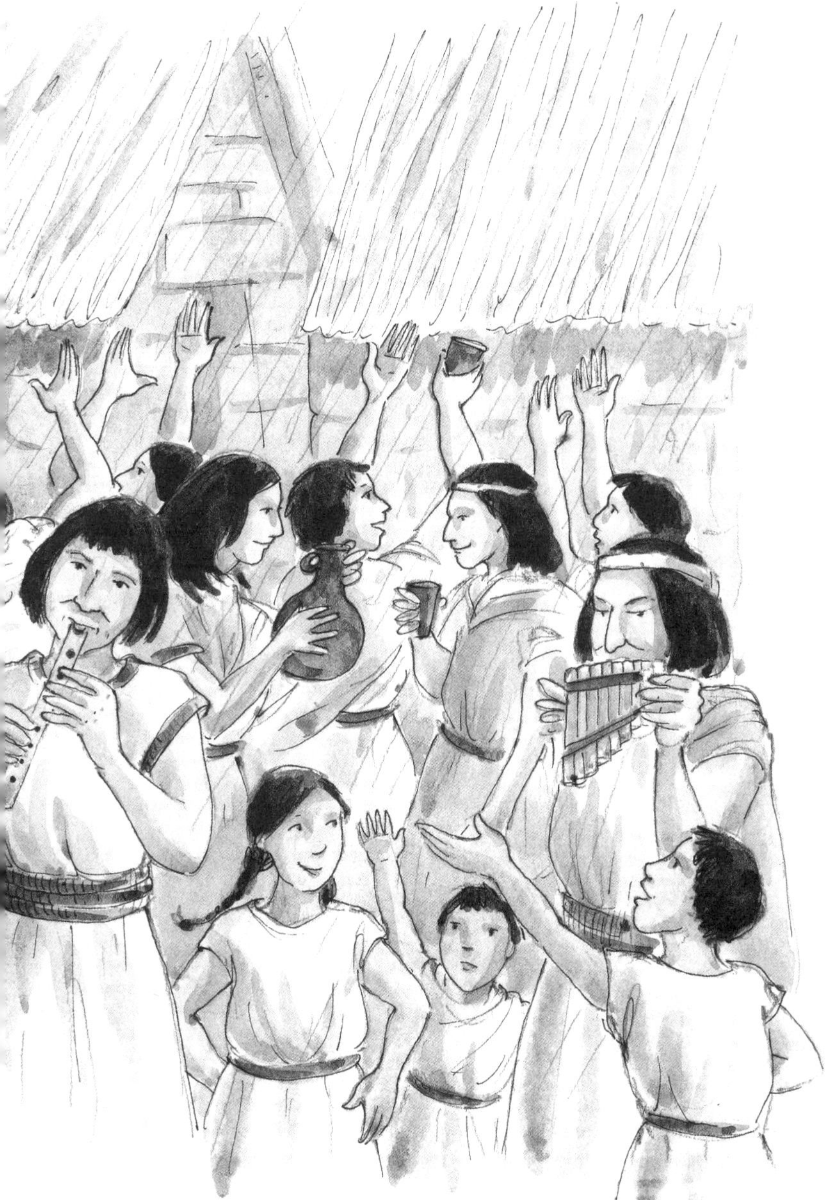

dominer le ciel et de voir très loin de son œil perçant, le puma était doté d'une puissance phénoménale et le serpent était un signe de sagesse.

Chacun les craignait, tous les respectaient.

Ils pénétrèrent dans une salle sombre et s'installèrent sur des nattes posées par terre. Des jeunes filles aux courbes souples déposèrent à leurs pieds des plats de terre cuite contenant du manioc, du quinoa, des pommes de terre ainsi que des brocs d'asua.

Mantero et Lya n'avaient pas mangé depuis la veille et ils ne résistèrent pas longtemps à la vue de ces mets. Lorsqu'ils furent rassasiés, Tayka rompit le silence.

– Il y a de nombreuses années, peu après la création de notre peuple, le Grand Chef Inca nommé Manco Capac tailla un médaillon dans la pierre sacrée du Machu Picchu : la chacana. Il ordonna la construction de la Cité du Machu Picchu à ce même endroit et dota le médaillon d'un pouvoir magique connu de lui seul. Ce pouvoir était si puissant que Manco Capac décida de n'utiliser le médaillon que dans une seule et unique situation : le jour où la liberté du peuple inca serait menacée. Ce jour-là, en passant le médaillon autour du cou, la chacana révélerait son pouvoir magique afin de protéger notre peuple. Durant de longues décennies notre Empire continua de s'agrandir et de se développer sans qu'aucun cataclysme ni aucun ennemi ne vienne le mettre en péril. La chacana fut remise de Chef en Chef sans jamais révéler son pouvoir… Jusqu'au jour où le Seigneur Malacunsi arriva à la tête de notre Empire. C'était il y a 100 ans.

L'ambition de ce chef était grande, mais son cœur vil : il voulait devenir plus puissant que le Dieu Soleil lui-même. Il rêvait de devenir Le Dieu Suprême.

Et pour cela, il tenta de se servir de la chacana.

Malacunsi chercha à utiliser le pouvoir du médaillon non pas pour protéger son peuple mais pour assouvir son désir personnel.

Aveuglé par sa vanité, il n'avait pas su respecter la nature même de la pierre ni sa promesse faite le jour où il devint Chef de l'Empire du Tawantisuyu : assurer la protection et la prospérité de son peuple.

Il était devenu esclave de ses noirs desseins et il s'était oublié lui-même.

Mais Inti, le Dieu Soleil découvrit les plans maléfiques de Malacunsi et il ordonna aux prêtres de le tuer avant même qu'il n'eût le temps de passer le médaillon autour de son cou.

Malgré la disparition de Malacunsi, le Dieu Soleil désira se venger des Hommes et de leur trop grand orgueil. Il se mit à brûler si fort qu'il fit disparaître le médaillon et lança une malédiction sur tout l'Empire en le condamnant à jamais à la sécheresse.

Ses rayons devinrent si ardents qu'ils asséchèrent les terres, tarirent les rivières, brûlèrent les champs et les cultures…

D'un jour à l'autre, le peuple inca se retrouva sans eau. Sa survie et sa grandeur se retrouvèrent sévèrement menacées. Les habitants durent apprendre à se réorganiser et à se soutenir. Ils mirent en place des systèmes de canalisation immenses entre toutes les régions pour bénéficier des ressources en eau des provinces qui n'avaient pas été frappées par la malédiction.

Le jour où le Soleil fit retentir sa condamnation, un phénomène extraordinaire eut lieu : sept condors royaux s'élevèrent dans le ciel, au-dessus de la Cité du Machu Picchu.

Voir un condor royal est un signe de chance. En voir sept voler ensemble était un message de Viracocha, le Dieu Créateur du Monde.

Le Grand Prêtre de l'époque observa soigneusement leur vol : leur danse était légère, majestueuse et harmonieuse. Après le drame qui venait de se dérouler, tout était à nouveau calme et serein sous leurs ailes. Par moments, les condors passaient tellement près de la forteresse que l'on pouvait voir les contours de leur bec, leur collerette blanche et l'éclair vif dans leurs yeux. Leur vol était si souple que l'on pouvait entendre le bruissement de leurs ailes dans l'air qui commençait déjà à se réchauffer.

Leur danse aérienne décrivait des courbes d'une grande ampleur et le Grand Prêtre y lut le message suivant :

« Dans 100 ans exactement, deux jeunes inconnus arriveront à la Cité Mystérieuse du Machu Picchu, porteurs de la chacana. Leur venue sera le symbole de la paix demandée au Soleil et la fin de la malédiction d'Inti. Des pluies abondantes déferleront sur l'Empire, et la Pacha Mama, déesse de la terre, retrouvera sa fertilité éternelle. »

Tayka se tut. Il regarda le ciel à travers la fenêtre, imaginant le vol fantôme des sept condors venus annoncer la bonne nouvelle. Son visage s'était figé. Seuls ses yeux semblaient animés du nouveau souffle de vie qui gagnait l'Empire du Tawantisuyu.

Lya était impressionnée par cet homme fort et imposant qui portait en lui la détresse et l'espoir de tout son peuple. Il se dégageait de lui tellement de sagesse et de sérénité…

Elle ne put détacher son regard du visage du prêtre et elle n'osa pas non plus troubler son calme.

En cet instant, son silence avait plus de puissance que l'ensemble des mots qu'il aurait pu prononcer.

∗

La grande fête, celle qu'ils appelaient « Cérémonie de la pluie qui tombe » se propageait dans la Cité Mystérieuse du Machu Picchu.

L'asua coulait à profusion, laissant les cœurs légers et la tête tournoyante.

Tous se tournaient vers le ciel, conscients qu'un changement essentiel venait de s'opérer et que plus jamais la terre ne serait ni sèche ni aride.

Aux chants des hommes se mêlaient ceux des oiseaux de la jungle, les bruissements des arbres dans le vent ainsi que le vrombissement de la rivière Urubamba qui commençait à renaître. Déjà, la nature se mettait à vivre avec une intensité nouvelle.

Seule une forme longiligne s'était éclipsée à l'écart du mouvement de joie qui avait gagné la Cité. La toge noire se confondait avec l'ombre de la maison où Villac Umu, le Grand Prêtre de Cuzco et mentor de Mantero, avait pris refuge.

Les traits de son visage semblaient de glace mais au fond de lui, la colère menaçait d'éclater.

Comment avait-il pu manquer toutes ces occasions de récupérer la chacana ?

À aucun moment, que ce soit à Cuzco ou sur le Camino Inca, il était parvenu à approcher Lya. Et depuis que les deux enfants avaient atteint la Cité du Machu Picchu, la tâche était encore plus difficile : ils étaient constamment en présence des gardes, et surtout de Tayka, le prêtre de la Cité qui veillait sur eux, conscient qu'un danger les guettait.

La légende voulait qu'après la rupture de la malédiction du Soleil, la chacana soit rendue à celui qui l'avait portée jusqu'au Machu Picchu. Lya devait donc être à nouveau en sa possession… Une chance… Il lui fallait trouver le moyen de récupérer le médaillon…

Il ne s'écoula que quelques secondes avant que la flamme jaune ne se remette à danser dans son regard…

« Je sais, prononça-t-il dans un murmure machiavélique. Il me faudra certainement faire preuve d'un peu de patience, mais je sais comment utiliser la faiblesse de Lya pour dérober la chacana… »

10
Dans l'enceinte du Machu Picchu

– Prends et pars maintenant. Que ce kipu soit remis en mains propres à notre Grand Chef Inca, le Seigneur Pachacutec.

Sur ces dires, Tayka confia au chasqui l'ensemble de cordes aux couleurs et longueurs différentes.

Lya et Mantero sortirent de la wasi où ils venaient de passer la nuit. Ils étaient encore enivrés des rires et des danses de la fête rendue la veille en l'honneur d'Inti le Dieu Soleil, de la pluie et de la Pacha Mama, la Terre Mère.

Lorsque Lya vit le prêtre remettre le kipu au messager, elle se souvint d'avoir vu les mêmes systèmes de cordes colorées le premier jour de son arrivée à Cuzco. Elle avait lu dans le livre de Marianne que ces kipus permettaient de coder des nombres et des messages que seuls des hommes savants nommés kipucamayos pouvaient interpréter. L'homme en face de Tayka devait être le chasqui responsable du message. Ce coursier devait se rendre en courant jusqu'au prochain poste où l'attendait un autre chasqui qui prendrait le relais. Le transport du kipu jusqu'à Cuzco allait se faire ainsi de main à main, pendant plus de 110 km.

Le prêtre se tourna vers Lya et Mantero qui arrivaient à sa hauteur.

– Je viens d'envoyer un kipu à notre Chef Pachacutec pour l'informer de votre départ demain pour Cuzco. Vous venez de parcourir le Camino Inca, il me semble donc raisonnable que vous restiez ici une nuit supplémentaire. Vous en profiterez pour vous reposer et vous restaurer.

Tayka les emmena à l'intérieur de son palais jusque dans une grande salle dont le sol était recouvert de nattes en laine d'alpaca. Sur ces nattes se trouvaient des ponchos, des mantas et des *unkus*, chemises que les Incas portaient au-dessus de leur tunique.

– Prenez, dit Tayka, ces tissus sont pour vous.

La finesse du tissage témoignait de leur précieuse valeur. Chaque tissu arborait des motifs et des couleurs différents. Sur l'un des ponchos était restituée l'image frontale d'un condor aux ailes déployées, tête de profil, dont le ventre renfermait un serpent enroulé. D'autres unkus étaient ornés de motifs plus simples tels que des rayures couleur ocre, des cercles rouges ou encore des carrés noirs et blancs.

Autour d'eux se pressaient de jeunes servantes aux traits fins et aux longs cheveux noirs retenus en arrière par des rubans de couleur. À leurs poignets scintillaient des bracelets en or.

Leurs pas étaient si silencieux que Lya ne les avait pas entendues entrer dans la pièce. Elles portaient sur leurs épaules des vases en céramique peints de motifs géométriques en damiers ainsi que des amphores avec des représentations d'insectes, d'animaux et de plantes.

Ensemble, elles se penchèrent auprès des deux hôtes et versèrent dans leurs verres en argent de l'eau fraîchement puisée dans les fontaines.

Lorsqu'elles eurent terminé, d'autres jeunes femmes entrèrent munis de plats de toutes formes d'où s'exhalaient des parfums de maïs, de manioc, de quinoa ou de pomme de terre.

– Mangez, mes amis, dit Tayka en survolant de son bras les mets qui étaient déposés devant eux.

Lorsque les servantes sortirent de la pièce, Tayka s'adressa à la dernière jeune fille.

– Rumi, s'il te plaît, apporte-moi un sac de terre ainsi que quelques cailloux blancs.

– Bien, prêtre Tayka, répondit la jeune fille dans une révérence respectueuse.

Quelques minutes plus tard, Rumi remit le sac au prêtre. Il en vida le contenu sur le sol dallé, s'accroupit près du tas de terre et du revers de sa main, il l'étala en une fine couche en prenant soin de mettre les cailloux de côté.

Lya et Mantero regardaient chacun de ses gestes sans comprendre ce que le vieux prêtre faisait.

– Notre Cité est grande, commença Tayka. Elle est grande et protégée par les montagnes et les ravins. Seul un chemin abrupt et défendu par des tambos, les postes de gardes, la relie aux autres villages de l'Empire du Tawantisuyu. L'accès est très limité et seuls ceux qui y sont nés ainsi que notre Chef Inca, le Seigneur Pachacutec, ont le droit d'accéder à la Cité. C'est pour cela que son existence n'est connue de personne.

Il termina son verre d'asua posé près de lui avant de reprendre.

– Viracocha, notre Dieu Créateur, vous a désignés pour nous rapporter la chacana et renouer la paix avec Inti, le Dieu Soleil. Il vous a menés à nous, en vous protégeant des dangers de la jungle. Toute la nuit je me suis demandé comment vous étiez parvenus jusqu'ici sans que l'alerte soit donnée par les gardes des tambos. Mais au fond, la réponse importe peu. L'essentiel est que vous soyez parmi nous aujourd'hui. Et puisque Viracocha vous fait confiance, je vous accorde également la mienne en vous ouvrant les portes de la Cité Mystérieuse.

Sans rien ajouter, il se mit à dessiner dans la terre étalée sur le sol, des traits, des carrés et des courbes. Il prit quelques cailloux et les disposa de part et d'autre de son esquisse.

– Le plan de la Cité du Machu Picchu ! s'exclama Mantero.

– C'est exact, dit le prêtre en levant les yeux vers les deux enfants. Voici l'entrée où les gardes vous ont capturés hier (■). Les cailloux délimitent les forteresses qui entourent la Cité tandis que les courbes à l'extérieur représentent les terrasses où se trouvent les champs (◆).

De son index, Tayka indiqua les résidences royales (⋀⋁), les temples et la place sacrée où avait eu lieu le sacrifice du lama (⌂).

– Et cet endroit que vous avez représenté au centre de la Cité (✤), est-ce le Palais des Acclas ?

– C'est une nouvelle fois correct, Mantero.

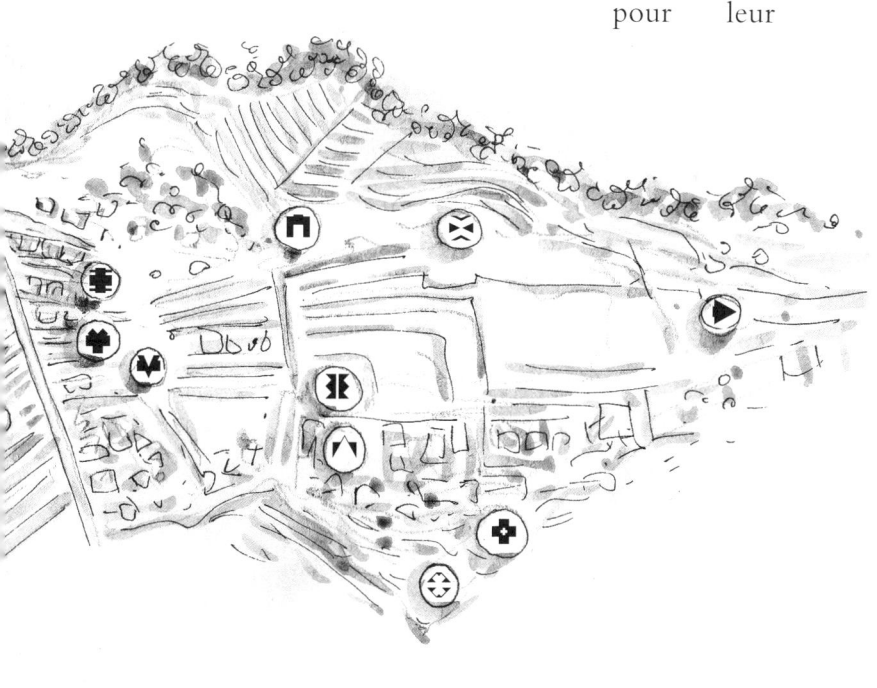

Lya se souvint qu'au cours de leur marche dans la jungle, Mantero lui avait longuement parlé de ces femmes au destin hors du commun et que l'on nommait « Acclas » : très tôt, les jeunes filles étaient choisies pour leur grande beauté ou pour un talent particulier. Elles étaient ensuite amenées dans le palais où elles apprenaient les arts du tissage, de la cuisine ainsi que les rituels en l'honneur d'Inti, le Dieu Soleil. Les plus belles et les plus talentueuses devenaient les concubines du Grand Chef Inca, tandis que d'autres étaient choisies pour être sacrifiées et par leur mort, le destin de l'Empire était assuré.

— Et cette pierre blanche que vous avez posée au nord de la Cité, que représente-t-elle ?

— Cette pierre, Lya, représente l'Inti-Hautana.

— L'Inti-Hautana ?

— Venez avec moi, mes enfants, dit le vieil homme en se levant.

Le soleil était déjà haut dans le ciel et ses rayons les éblouirent lorsqu'ils sortirent du temple. Le prêtre les mena à travers les ruelles de la Cité. Tout comme la veille, les habitants se retournaient sur leur passage en murmurant des mots qu'ils ne pouvaient pas entendre.

Les femmes préparaient l'asua ainsi que la nourriture pour la journée. Avec leurs pieds, elles écrasaient les pommes de terre gelées par la nuit puis séchées par le soleil et en extrayaient un liquide jaunâtre. Elles broyaient les céréales et les épices dans des mortiers de pierre.

Ils passèrent devant les fontaines qui étaient à nouveau fortement alimentées en eau, traversèrent la Place Sacrée avant de parvenir devant l'objet sacré.

— Voici l'Inti-Hautana. Il s'agit d'un cadran solaire directement taillé dans la pierre, dit fièrement Tayka.

Devant l'air étonné des deux enfants, le prêtre chercha les termes les plus simples possibles pour expliquer l'exploitation de la pierre.

– Cet outil est utilisé par nos astronomes pour prédire les solstices, calculer la date des équinoxes et indiquer précisément les périodes célestes importantes. Et selon une légende de notre peuple, lorsqu'une personne sensible pose son front sur la pierre, l'Inti-Hautana ouvre la vision de cette personne sur le monde spirituel. Venez, à présent. Je vais vous montrer le temple aux trois fenêtres.

Lorsqu'ils entrèrent dans le temple, Lya fut frappée par l'obscurité qui régnait à l'intérieur. Seules, trois fenêtres aux formes trapézoïdales laissaient pénétrer quelques rayons du soleil. Dans chaque mur étaient creusées des niches en trapèze et au cœur de chacune se trouvaient des masques, des statues et des vases en or.

À cette heure de la journée, la lumière passait par les fenêtres pour se poser sur le sol parfaitement dallé. Lya remarqua une inscription taillée dans la pierre. C'était des symboles qu'elle n'avait encore jamais vus.

– Prêtre Tayka, que représentent ces signes gravés dans la pierre ?

– Ces inscriptions, Lya, sont des inscriptions sacrées. Elles évoquent les trois niveaux du monde religieux : le *Hanan-Pacha* qui représente le monde d'en haut et la spiritualité ; le *Kay-Pacha* qui correspond à la surface de la terre et le matérialisme et enfin l'*Ukju-Pacha* qui symbolise le monde d'En-bas et la vie intérieure. Ces trois niveaux religieux sont également représentés dans la chacana, le médaillon que tu portes autour de ton cou…

Lya se remémora le vieux livre où Marianne avait dessiné la chacana. Marianne y avait effectivement évoqué le monde d'en haut, la terre et le monde d'En-bas. Mais jusqu'à présent, Lya n'avait jamais réellement pris conscience de la signification de ces termes, ni de leur importance pour les Incas…

« Tout est lié, se dit-elle… Ce qui se passe ici et maintenant, le rapport à notre vie intérieure et notre spiritualité… tout est lié… et cela forme un "tout". C'est ce que les Incas essayent de transmettre autour d'eux… »

En redescendant vers le centre de la Cité, Lya entendit des chants s'élever au loin.

– Viens, murmura Mantero en l'entraînant vers les forteresses.

Lorsqu'ils parvinrent près des murailles, ils se trouvèrent face aux champs qui s'étendaient en terrasses.

Les hommes y travaillaient depuis plusieurs heures déjà. Munis de leur *taclla*, un long bâton de bois où ils prenaient appui avec leur pied, les hommes creusaient la terre et la retournaient dans un mouvement d'épaule, créant ainsi des sillons réguliers. Des femmes les suivaient de près, en semant des graines, le dos courbé. Elles portaient une longue tunique aux dessins simples, serrée à la taille par une ceinture de paille. Leurs longs cheveux tombaient dans leur dos, retenus par un bandeau autour de leur tête.

Tous chantaient le *Jailli*, le chant de victoire des Hommes sur la terre aride :

«*Ayau jailli, ayau jailli*	«Oh Victoire, Oh Victoire !
Kayqa thajilla, kayqa suka !	Voici le bâton qui creuse, voici le sillon !
Kayqa maki, kayqa jumpi ! »	Voici la sueur, voici le labeur ! »

Et à chaque refrain, les femmes répondaient :

«*Ajailli, qhari, ajailli*»   «Houra, hommes, Houra ! »

Quand vint le soir, les habitants de la Cité organisèrent un grand feu sur la place centrale. Le festin fut somptueux pour célébrer le départ des deux enfants le lendemain vers Cuzco, la Cité aux murs d'or et capitale de l'Empire.

Lya était plongée dans ses pensées. Lorsque Tayka les avait menés à travers les ruelles de la Cité, elle avait été particulièrement frappée par la taille gigantesque des pierres qui formaient la base des édifices. Certaines devaient peser plus de mille kilos et les pierres étaient tellement bien accolées les unes aux autres qu'il semblait impossible d'y glisser ne serait-ce qu'une lame de couteau…

«Comment est-ce possible ? se demanda Lya. Je n'ai vu aucune carrière de pierres dans les proches environs de la Cité, les Incas ne connaissent pas la roue et ils n'utilisent aucun animal de trait… Comment parviennent-ils alors à hisser ces blocs de pierre aussi énormes jusqu'ici ? Et comment font-ils ensuite pour les soulever et construire ces murs et ces forteresses ? Leur travail résulte d'une telle précision, d'un tel savoir-faire… c'est fascinant…»

Lya brûlait d'envie de poser ces questions au prêtre, mais elle n'osa pas. Son ignorance sur ces techniques

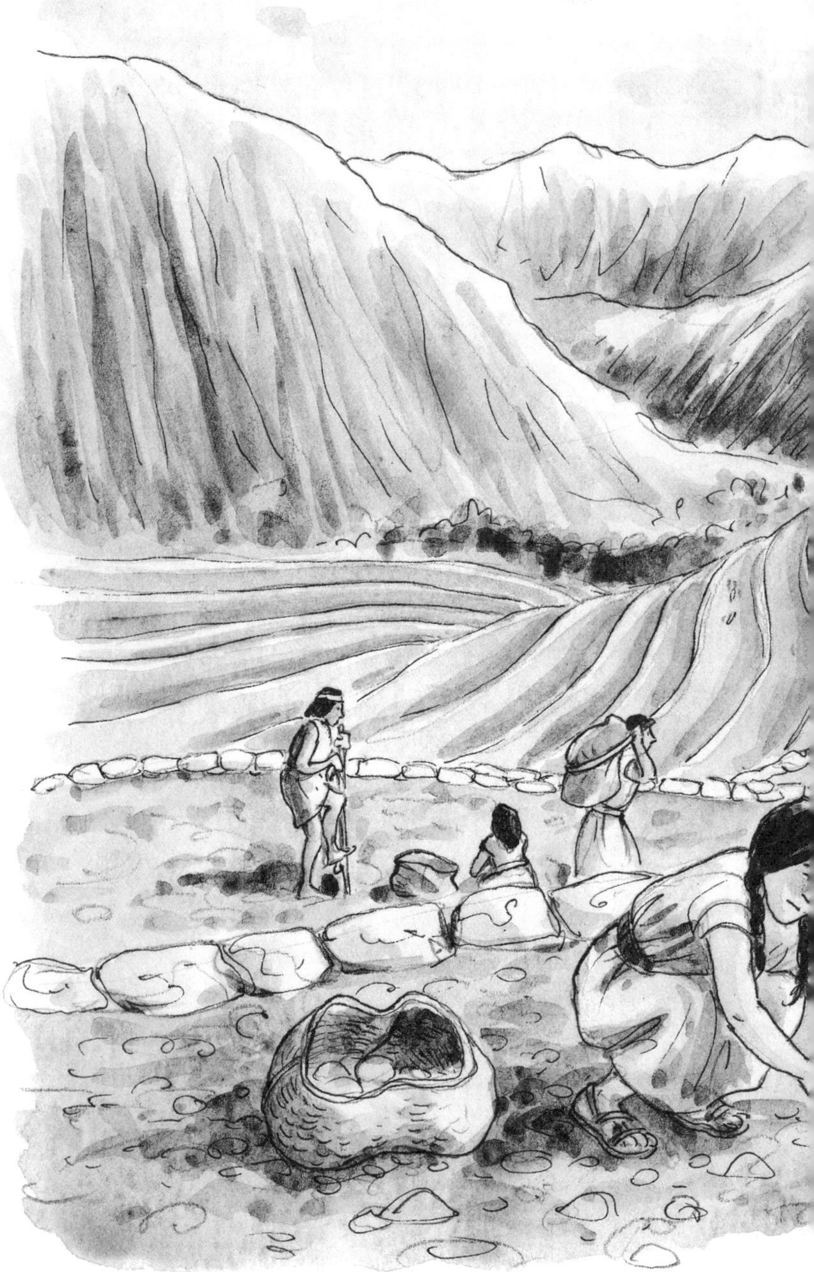

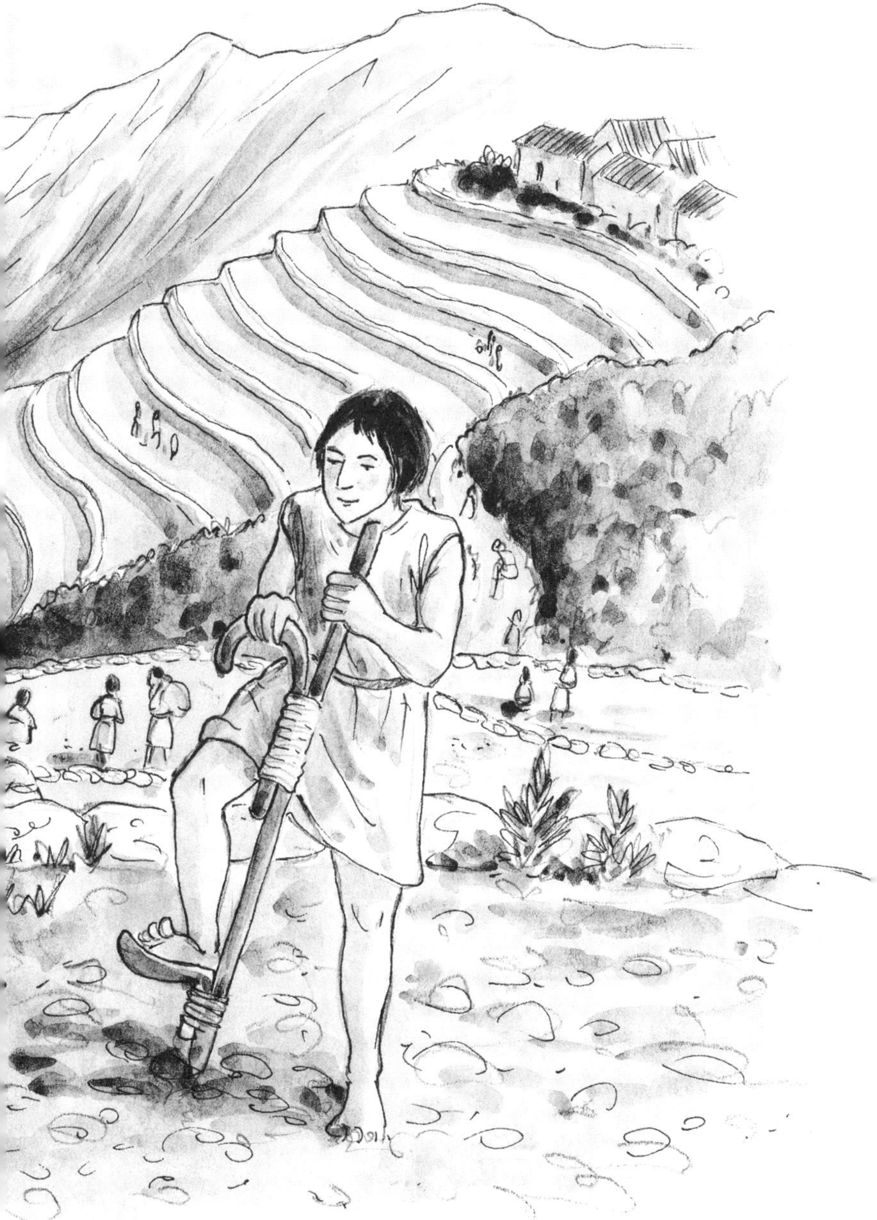

pouvait trahir le fait qu'elle n'appartenait pas au peuple inca, et elle ne souhaitait en aucun cas prendre ce risque.

Mantero la sortit de ses songes.

– Regarde Lya, comme le ciel est dégagé ce soir. Killa la lune est haute et si tu t'allonges dos au sol, tu pourras contempler toutes les étoiles.

Lya suivit le conseil de son ami et tous deux se retrouvèrent étendus côte à côte dans les herbes, profitant de cet instant où l'immensité du ciel semblait s'ouvrir à eux.

– Vois-tu cette étoile qui brille plus fortement que les autres ? l'interrogea-t-il C'est Chaspa. Sais-tu quelle est son histoire ?

– Non, répondit Lya qui avait en fait reconnu l'étoile de Vénus.

– Les amautas, les grands savants de notre Empire, ont remarqué que Chaspa apparaît chaque soir et chaque matin. Selon eux, Chaspa est l'étoile préférée du soleil : il aime la voir cheminer près de lui au moment où il se lève et se couche. C'est pour cela qu'elle est toujours là. D'ailleurs, continua Mantero, peut-être devrions-nous faire comme le soleil et aller nous coucher. Dès demain, trois longues journées de marche nous attendent pour rejoindre la Cité aux murs d'or.

11
La part d'inconnu a son importance

– Ces gardes vont vous escorter jusqu'à Cuzco, la Grande Cité aux murs d'or, dit le prêtre Tayka en montrant un groupe de cinq hommes armés de lances et de frondes.

Il s'interrompit puis s'adressa à Lya.

– Fille du peuple, conserve avec soin la chacana. Par elle, Inti, notre Dieu Soleil, te protégera. Mais prends garde à ceux qui veulent t'arracher ce médaillon. Certaines personnes sont prêtes à bien des sacrilèges pour parvenir à leurs fins. Leurs noirs désirs aiguisent leur égoïsme et les renferment sur eux-mêmes. Ils deviennent insensibles aux secrets du monde et incapables de compassion. Et surtout, ne te laisse pas attirer par l'homme des ombres : ses forces sont néfastes, même si elles te semblent séduisantes au premier abord.

Il y avait dans la voix de cet homme une note de fatalisme et d'impuissance. Il parlait comme s'il pressentait le début d'un long combat dont la fin restait indéterminée et indéterminable.

Lya fut surprise d'entendre Tayka évoquer l'homme des ombres. Elle se souvint que Marianne y avait également fait référence au début de son livre.

Était-il possible que Marianne et le prêtre parlent de la même personne ?

Se pouvait-il qu'ils cherchent à la protéger du même danger ?

Non, se dit Lya. Cela n'était certainement pas possible. Lya se mit à douter.

Impossible…

Tout comme il semblait impossible à première vue de remonter le temps et de traverser les mers et les océans en mettant un collier autour de son cou…

Lya repensa à l'homme à la longue tunique noire et au regard qui s'enflammait de jaune. Devait-elle parler de cette présence oppressante à Tayka ? Elle hésita avant de se raviser. Le mentionner risquerait uniquement d'augmenter l'inquiétude du prêtre et en conséquence, il renforcerait la garde autour d'eux, ce qui ralentirait leur marche vers Cuzco. Or c'était exactement ce que Lya souhaitait éviter.

À sa grande déception, même en la ramenant à la Cité du Machu Picchu qui était son lieu d'origine, la chacana ne s'était pas activée pour la retransporter à Aix-en-Provence. Elle avait senti ses espoirs s'envoler et avait passé une partie de la nuit à envisager les solutions qui lui restaient.

Elle ne pouvait imaginer être bloquée à l'époque de l'Empire inca et ne jamais revoir sa famille, ses amis… Il devait y avoir une solution. Peut-être n'était-elle pas évidente à cet instant précis, mais elle existait, Lya en était persuadée. C'est pourquoi il lui semblait important de rentrer rapidement à Cuzco. Là se trouvait peut-être la clé de son énigme. Celle qu'elle n'avait pas trouvée jusqu'à présent.

Tayka s'était éloigné afin de donner ses derniers ordres aux gardes qui allaient les escorter jusqu'à Cuzco où le Seigneur Pachacutec les attendait. Mantero alla chercher leurs affaires rassemblées dans une wasi, maison voisine dont les murs de pierre et d'adobe conservaient la fraîcheur du matin pendant toute la journée.

Lya resta seule sur la grande place. Seul le vent lui indiquait sa présence complice en venant jouer dans ses cheveux. Elle s'assit sur une pierre plate et elle profita de ce moment à part pour regarder les gens vivre autour d'elle.

– Lya, nous devons partir avant que le soleil ne s'accroche trop haut dans le ciel. La matinée est encore fraîche et nous devrions en profiter.

Mantero l'avait rejointe près de la muraille qui délimitait la Cité et surplombait la rivière Urubamba.

Lya ne répondit pas. Elle était plongée dans ses pensées. Elle ne réalisait que maintenant, entièrement, la chance unique qu'elle avait eue d'avoir pu pénétrer dans l'enceinte de la Cité Mystérieuse du Machu Picchu.

Dans son livre, Marianne expliquait que cette Cité avait certainement été abandonnée par les Incas lors de l'arrivée des Espagnols au Pérou en 1527 et qu'elle avait été redécouverte et révélée au monde près de 400 ans plus tard, en 1911 par un explorateur du nom d'Hiram Bingham.

Lya était donc la seule personne depuis près de 500 ans à avoir vu la Cité vivre dans son plein éclat…

Mantero sentit que Lya était partie loin dans ses pensées et il devina que, l'espace de quelques secondes, elle se trouvait dans un monde où il n'avait pas sa place.

« Ce monde auquel elle pense n'est peut-être pas le mien, se dit-il, mais celui dans lequel nous sommes à cet instant précis est le nôtre, à tous les deux. »

Il mit son bras autour de ses épaules, et respectant son besoin de silence, ils restèrent plusieurs minutes à regarder la vallée, sans prononcer un mot.

*

Le Prêtre Tayka regarda les deux compagnons s'éloigner, entourés des gardes et de la délégation officielle.

Son cœur était lourd. Et à chacun de leurs pas, il le sentait se resserrer. Des questions le tourmentaient toujours, et pourtant, il savait qu'il avait fait le bon choix.

La veille, lors de leur dîner autour du feu, il avait failli questionner Lya sur la chacana et son étrange pouvoir magique.

Il aurait tellement souhaité savoir si, au moment où Lya avait passé le médaillon autour de son cou, le pouvoir magique s'était révélé…

Il aurait tellement désiré connaître ce pouvoir, mesurer sa force… tant voulu l'approcher, le toucher…

Mais au moment où il allait la questionner, alors que la tentation était devenue extrêmement ardente, une fraîcheur intérieure s'était répandue en lui.

« Il faut parfois accepter de ne pas tout savoir, ni tout maîtriser, s'était-il dit. Cette part d'inconnu qui t'est imposée a certainement son importance. Accepte-la sans remettre en question la volonté des dieux qui ont voulu que le médaillon soit porté par cette jeune fille. Si tu ne sais pas encore pourquoi, le temps te le dira peut-être… »

Une dernière fois, son regard se posa sur la silhouette lointaine de Lya qui s'éloignait en emportant avec elle le secret du médaillon.

Comme l'avait exigé le vol des sept condors cent ans auparavant, l'inconnue messagère des dieux devait conserver le bijou autour de son cou, afin que celui-ci continue de la protéger des forces de l'ombre. Et pour qu'il l'aide dans sa quête de l'Équilibre Universel.

Il en était ainsi.

La volonté des dieux avait été entièrement respectée.

Et Tayka, grand prêtre de la Cité du Machu Picchu, venait d'accomplir la tâche qu'ils lui avaient confiée.

12
Celui qui change le monde

Depuis le lever du soleil, la Cité aux murs d'or était en pleine effervescence. Les rues vibraient au rythme des musiques, des chants et des rires et chacun se pressait vers la Huaycapata, la grande place où allaient arriver les deux enfants. Tous se racontaient pour la énième fois le miracle de la pluie réalisé grâce aux jeunes messagers des dieux.

Le kipu envoyé par le prêtre de la Cité du Machu Picchu était arrivé la veille à Cuzco. Revenu depuis peu de la guerre contre les tribus du nord, le Seigneur Pachacutec avait immédiatement reçu le chasqui porteur du message. En entendant son *kipucamayo* l'informer du miracle réalisé dans la Cité Mystérieuse, il avait ordonné à ses généraux de convoquer les habitants de Cuzco sur la grande place le jour où les deux enfants reviendraient à la Cité Sacrée.

Lya et Mantero entourés des gardes et de la délégation officielle arrivèrent à Cuzco en fin d'après-midi. Lorsqu'ils franchirent les murailles de la ville, une foule dense s'ouvrit devant eux et les mena au cœur de la Cité.

Sur la grande place, les hommes étaient vêtus de leurs costumes réservés pour les plus grandes fêtes, certains étaient habillés comme des oiseaux en référence à la grandeur du condor. Les femmes portaient toutes leurs plus belles tuniques, attachées au niveau du cœur par une épingle en argent.

Des musiciens jouaient les airs rythmés des cérémonies les plus importantes. Les cornes en coquillage se mêlaient aux flûtes de pan, tandis que les percussions des tambours marquaient le rythme des danses. Le long de leurs jambes, les danseurs avaient attaché des chanraras, clochettes de cuivre et d'argent, qui sonnaient à chacun de leurs mouvements.

Soudain, la musique se tut, les danseurs s'immobilisèrent et l'assemblée fut prise d'un silence craintif et respectueux.

Pachacutec, le Seigneur du Royaume inca ainsi que la *coya*, sa reine, apparurent dans leur litière, portée par quatre servants. La tête de Pachacutec était entourée de la *maskaypacha*, un bandeau rouge surmonté de plumes noires et blanches, signe distinctif de l'Empereur Inca. Ses oreilles percées étaient agrandies par de grosses boucles en or et il tenait dans sa main le sceptre royal.

Son air à la fois digne et distant exprimait toute sa suprématie. Ses travaux pour la construction de l'Empire étaient phénoménaux, tant et si bien que les habitants du Royaume l'avaient surnommé «Celui qui change le monde». Grâce à Pachacutec, l'Empire avait en effet connu un développement extraordinaire, aussi bien géographique que technique et architectural. C'était sous son règne que le territoire inca avait pu s'agrandir au nord et c'était sous ses ordres également qu'avait débutée la construction de la forteresse Sacsayhuaman sur les hauteurs de Cuzco.

Aujourd'hui, après plus de vingt-deux années de règne, sa force de souverain rayonnait encore fortement et personne n'aurait osé défier son regard ni contrer ses décisions.

Le Chef Inca descendit de sa litière. Autour de lui, le silence se fit encore plus dense.

Pachacutec se dirigea vers les deux enfants. Ses yeux s'ouvrirent en grand lorsqu'il vit la chacana autour du cou de Lya.

– Un siècle pour que le médaillon nous revienne. Un siècle…, murmura-t-il.

Il regarda Lya droit dans les yeux, leva sa main droite et la posa sur son épaule droite. Puis il fit de même avec Mantero.

Pachacutec ne prononça aucun mot à l'attention des deux enfants.

Son regard et le contact de sa main étaient sa manière personnelle de les remercier.

Debout au centre de la place *Haycapata*, il s'adressa à la foule :

– Peuple inca, il est temps de remercier Inti, notre Dieu Soleil.

Se tournant vers le soleil, tous s'accroupirent, ouvrirent leurs bras et levèrent les mains à

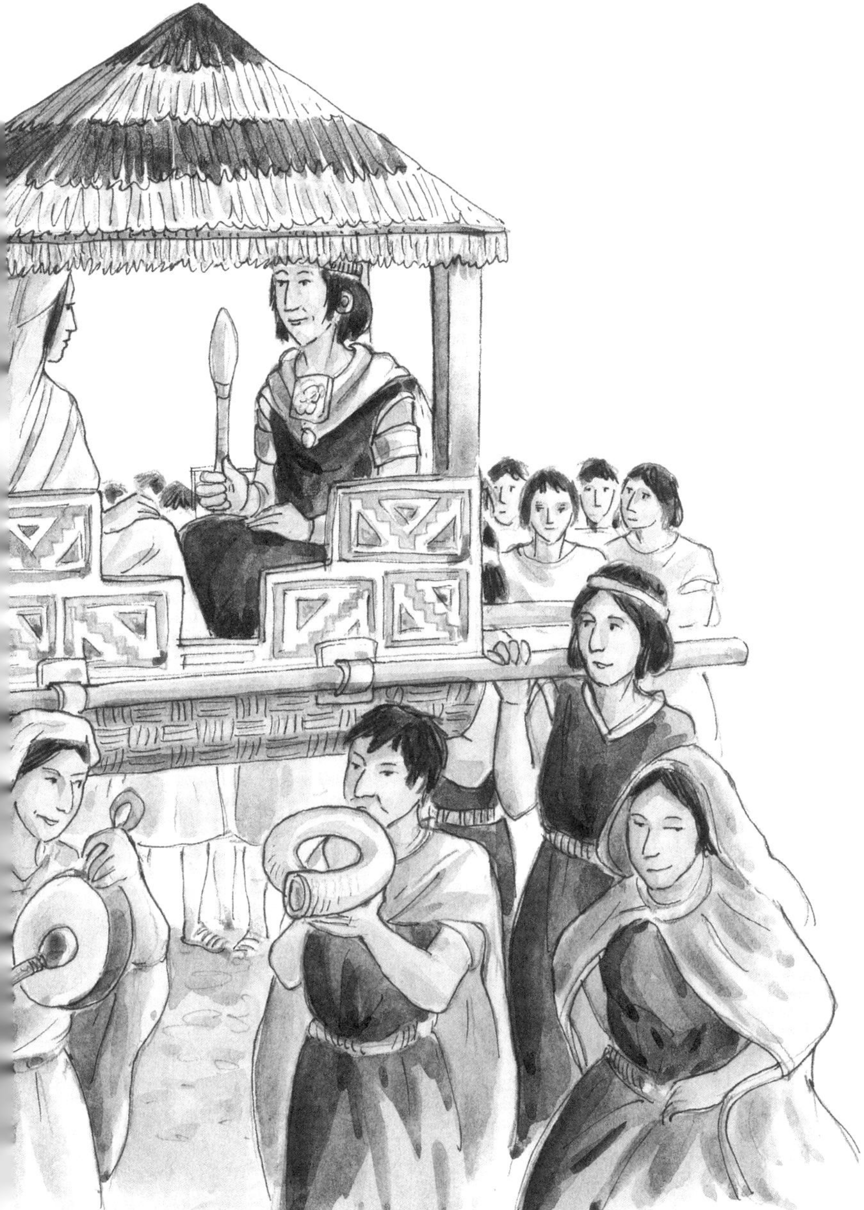

hauteur de leur visage en signe d'adoration. Pachacutec se leva tandis que le reste de l'assemblée demeura accroupie. Il prit deux vases d'or remplis d'asua et présenta au soleil celui qu'il tenait dans sa main droite. Il en versa le contenu dans une jarre en or et puis il répandit le liquide dans une canalisation de pierre qui aboutissait au Coricancha, le Temple du Soleil. Ce cheminement de l'asua vers le Coricancha signifiait que le soleil buvait le liquide offert par le Seigneur Inca. Enfin, Pachacutec but l'asua du vase qu'il tenait dans sa main gauche et le Seigneur invita les deux enfants à entrer dans le Temple du Soleil où un festin les attendait.

*

Pachacutec quitta la salle en plein milieu du dîner et se dirigea vers le lieu d'adoration, où se trouvait le grand disque en or représentant Inti.

– Villac Umu, Grand Prêtre de Cuzco et mon plus vieil ami, dit le Seigneur en s'adressant à une forme longiligne qui se mouvait lentement dans l'ombre. Pourquoi ne te joins-tu pas à nous pour célébrer le miracle du retour de la pluie sur notre Empire ? Tu es resté ici la journée entière…

– Mon Seigneur, il est de mon devoir en ce jour si particulier de dévouer mon âme à Inti pour le remercier d'avoir rompu la malédiction. C'est pourquoi je reste ici près du disque solaire afin de l'adorer de tout mon être.

Lors de l'arrivée des deux enfants à Cuzco, Villac Umu avait trouvé toutes les excuses possibles pour éviter de se retrouver face à face avec eux. Lorsqu'ils étaient dans la Cité du Machu Picchu, il avait vu le visage de Lya changer d'expression au moment où elle avait regardé dans sa direction. Dès lors, un doute s'était immiscé dans son esprit : même dissimulé au milieu de la foule et vêtu d'habits incas, serait-il possible qu'elle l'ait reconnu ? Les chances étaient très minces et pourtant il ne pouvait pas prendre le risque de se compromettre maintenant. Pas si près du but…

– Très bien, mon ami. Je comprends et j'admire ta dévotion totale à notre Dieu Suprême.

– Je vous remercie de votre reconnaissance, mon Seigneur, répondit Villac Umu en s'inclinant avec respect.

– Il est cependant nécessaire que je t'annonce une nouvelle de la plus haute importance.

– Je vous écoute, Seigneur.

– J'ai reçu cet après-midi même un kipu m'informant que les tribus du nord que nous avions vaincues voici quelques semaines commencent à se rebeller. Je ne peux tolérer ce mouvement qui remet en cause la souveraineté inca.

– Je suis de votre avis, mon Seigneur.

– C'est pourquoi je me dois de partir demain à l'aube vers le nord pour mettre un terme à ce soulèvement.

– Bien sûr, mon Seigneur.

– Comme il est convenu dans le droit de notre Royaume, c'est toi, Villac Umu, qui sera en charge de chaque décision ici à Cuzco.

– Je comprends, mon Seigneur.

– Bien. Maintenant je vais me préparer à mon départ.

Sur cette dernière phrase, Pachacutec quitta le Coricancha pour regagner le palais royal.

Dans l'ombre du disque solaire, une petite flamme jaune venait de s'allumer dans le regard de Villac Umu.

«L'absence de Pachacutec va certainement faciliter la suite de mes intentions. Il n'y a plus qu'à attendre le moment propice…»

13
L'annonce du sacrifice

Neuf jours s'étaient écoulés, quand…

– Grand Prêtre, un chasqui vient d'arriver. Il porte avec lui un kipu qui vous est destiné.

La jeune servante se tenait près de l'entrée de la salle, tête baissée et regard fixé au sol.

– Fais-le entrer, Ima Sumac, répondit Villac Umu.

Un homme de petite taille pénétra dans la salle. Son souffle était saccadé par les nombreux kilomètres qu'il venait de courir jusqu'à Cuzco. Les lacets de ses sandales s'étaient resserrés sous la chaleur et commençaient à scier ses mollets d'où perlaient quelques gouttes de sang. D'une main, il essuya la sueur qui coulait de son front et de l'autre tendit les cordelettes de couleur à Villac Umu.

– Grand Prêtre, ce kipu vous est envoyé par le général de la région sud de l'Empire. Le dieu du volcan Ampato s'est réveillé. Il crache des fumées opaques qui obscurcissent le ciel. Si nous n'agissons pas très vite, il menace de libérer ses laves ardentes et dévastatrices sur toute la région.

– Le général a-t-il prévenu notre chef Pachacutec ?

– Oui, Grand Prêtre. Un chasqui est également parti à sa rencontre. Mais le général a insisté sur l'urgence de la situation et le Seigneur Pachacutec se trouve dans la province du nord. Le chasqui mettra certainement plus de sept jours pour parvenir jusqu'à lui.

— Et d'ici-là toute la région Sud sera engloutie par les laves.

— C'est ce que craint le général, Grand Prêtre.

Sans un mot, Villac Umu quitta sa natte étalée par terre et appela la jeune servante.

— Ima Sumac, va informer les prêtres et les jeunes élus. Je veux qu'ils se rassemblent tous immédiatement dans la salle des incantations.

Laissé seul, Villac Umu plongea sa main dans sa poche et sentit la forme ovale de la pierre. Sous ses doigts, la flamme prenait de plus en plus de place au creux de la pierre et devenait de plus en plus forte…

— Le moment est venu, murmura Villac Umu. Rien à présent ne saura m'empêcher de dérober la chacana.

*

Tous se tenaient dans la salle des incantations. Prêtres et Élus attendaient le Grand Prêtre qui avait demandé à ce qu'ils se rassemblent immédiatement, sans même connaître la raison de cette précipitation.

Villac Umu entra dans la pièce une fois que tous ses disciples furent présents dans la salle. Il avait pris le temps de revêtir sa tunique noire brodée de fils d'or, celle qu'il avait préparée pour l'annonce qui allait changer le cours de l'Histoire : sa propre histoire et celle du monde.

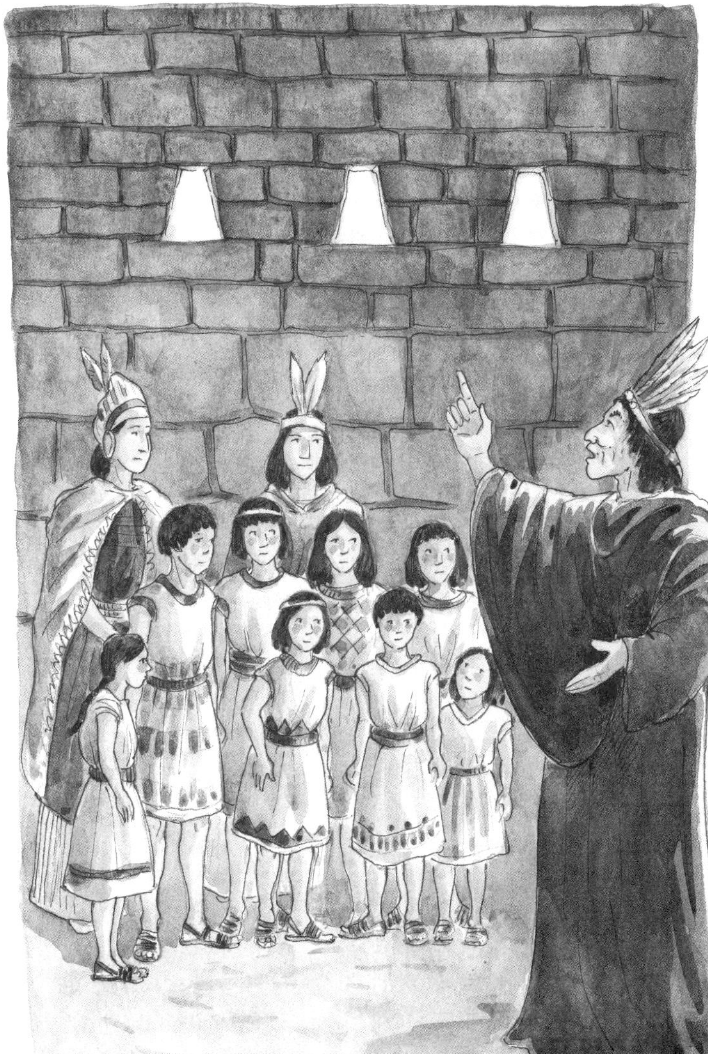

– Prêtres de Cuzco, jeunes Élus, je viens de recevoir un kipu m'informant du réveil du dieu Volcan Ampato, dans la région sud de l'Empire. Notre chef Inca Pachacutec se trouvant loin, les pouvoirs de décision me sont confiés. Nous devons agir vite, avant que le dieu ne libère ses laves mortelles.

Villac Umu marqua un temps d'arrêt pour que chacun puisse mesurer la gravité de la situation et la puissance de ses mots.

– Face à une épreuve aussi importante que les dieux nous imposent, continua-t-il, nous nous devons d'agir vite. Et l'honneur rendu aux dieux doit être le plus imposant possible.

Tout en parlant, il regardait un à un les prêtres de Cuzco. Il marqua une pause avant de continuer.

– Et cet honneur ne sera fort que par le sacrifice d'un jeune Élu.

*

Lya arpentait les rues de Cuzco à la recherche d'un indice qui lui permettrait de réactiver la chacana pour rentrer chez elle. Puisque le royaume était libéré de la malédiction d'Inti, il n'y avait plus de raison pour qu'elle reste ici…

Depuis neuf jours, des pensées revenaient sans cesse dans son esprit : était-elle prisonnière du temps ? Était-elle vouée à rester dans l'Empire inca pour toujours ?

– Il doit y avoir une solution, se répétait-elle. Une explication…

Elle se dirigeait vers la place *Kusipata*, lorsqu'elle entendit les clameurs s'élever dans toute la ville.

Autour d'elle, les habitants se dirigeaient vers le cœur de la cité. Les hommes étaient drapés dans de longues tuniques ornées d'étoiles et de losanges, tandis que les femmes portaient sur leurs épaules un châle attaché de leur traditionnelle épingle en argent. Tous riaient et se bousculaient.

Intriguée par les habits de fête et les fortes manifestations de joie, Lya rattrapa un homme qui descendait la ruelle. Lorsqu'elle lui demanda les raisons de cet engouement, il lui répondit avec un immense sourire que l'annonce du sacrifice venait d'être faite.

– Quel sacrifice ? demanda Lya.

– Celui de l'Élu dont la vie sera offerte au dieu du volcan Ampato pour calmer ses ardeurs, rétorqua l'homme.

Comment ne pouvait-elle pas être au courant ? La rumeur de l'éruption avait couru dans la ville pendant toute la matinée…

Lya se souvint que Mantero faisait partie de la caste des jeunes élus destinés aux dieux et soudain, un malaise la prit. Et si…

– Connaît-on le nom de l'enfant qui sera sacrifié ? demanda Lya.

– Oui, le nom vient d'être révélé. C'est un jeune garçon du nom de Mantero.

14
Croire que tout est possible

– Mantero, il faut qu'on parle.

Lya était entrée en trombe dans la cellule du jeune Élu.

Devant elle, Mantero se tenait droit et fier. Il portait de riches vêtements en laine d'alpaca teints de rouge. Ses cheveux étaient coupés à hauteur des épaules et sur son front était érigé un panache de plumes blanches, signe de l'entrée dans le cycle funéraire. Il arborait avec élégance de somptueuses parures de bijoux, des colliers en spondyle ainsi qu'un large bracelet d'argent à son poignet droit. Autour de lui, des figurines d'or et d'argent représentant des lamas ou des personnages étaient posées par terre ainsi que des brocs d'asua, des plats remplis de maïs et de feuilles de coca.

Selon les croyances incas, toutes ces offrandes suivraient Mantero pour l'accompagner dans l'Autre Vie.

– Lya, as-tu entendu l'annonce du sacrifice ? lui demanda-t-il précipitamment.

– Oui, je l'ai entendue.

– Et sais-tu que c'est à moi que revient l'honneur d'être sacrifié ?

– Oui, je le sais également, répondit-elle avec une note de tristesse qu'elle ne put dissimuler.

Elle était arrivée au Coricancha emplie d'un sentiment d'injustice et de désespoir.

Elle pensait déverser toute sa colère et sa peur pour convaincre Mantero de refuser son propre sacrifice tout comme le sacrifice d'un autre enfant.

À cet instant précis où il lui faisait face, elle pouvait lire dans son regard à la fois l'honneur et la détresse que lui infligeait son rôle d'Élu, cette responsabilité qu'il n'avait pas choisie et que, pourtant, il devait endosser.

Cette détresse était celle d'un enfant qui s'apprêtait à entrer dans un monde nouveau, l'Autre-Monde, un monde qui lui était totalement inconnu.

Malgré tout, Mantero s'efforçait de ne rien laisser paraître.

Le voyant ainsi orné de plumes et portant fièrement l'unku funèbre, elle comprit rapidement que sa tâche serait loin d'être simple.

L'unique façon que Mantero change d'avis sur son sacrifice était de lui dire la vérité.

Toute la vérité.

Elle s'assit sur la natte étalée sur le sol et invita Mantero à faire de même.

– Mantero, ce que j'ai à te dire va te paraître incroyable. Et tu vas certainement refuser de me croire. Mais il le faut… il faut que tu me fasses confiance…

– Que se passe-t-il, Lya, on dirait qu'Inti a versé sur toi ses rayons trop brûlants et que tu as peur de disparaître…

– Je ne viens pas te parler de moi, Mantero, mais de toi. C'est de ta disparition dont il s'agit aujourd'hui.

– Je ne vais pas disparaître, tu le sais bien. Je vais passer dans l'Autre Monde.

– Il faut que tu refuses ce sacrifice, le coupa-t-elle d'un ton ferme.

– Pardon ?

– Tu m'as très bien entendue. Refuse ce sacrifice. Évade-toi. Va-t'en. Pars dans la jungle, cache-toi dans un village loin de Cuzco, peu importe l'endroit où tu te réfugieras… mais ne reste pas ici. Je t'aiderai… continua-t-elle sur un ton plus doux.

– Lya, je ne sais pas ce qui te prend, mais il est hors de question que j'aille dans la jungle, dans un village ou ailleurs. Nous partons demain avec les prêtres du Soleil vers le sud de l'Empire. Mon sacrifice est la seule façon d'apaiser la colère du dieu Volcan.

– Non, coupa Lya, justement.

Elle prit une profonde inspiration, le regarda droit dans les yeux, et elle tenta de lui faire comprendre ce qui, pour lui, était incompréhensible.

Je ne viens pas d'ici, dit Lya. Je ne viens pas de Cuzco ni de quelque autre village de la région ni même de l'Empire du Tawantisuyu. Et je ne viens pas non plus des régions du nord ou du sud que l'Inca tente de conquérir. Je viens d'ailleurs. Je viens d'un autre monde.

– Lya marqua un temps pour choisir ses mots mais elle ne put en trouver aucun qui pouvait expliquer l'inexplicable. Alors elle se lança.

– Je viens du futur, Mantero. Je viens d'un monde très éloigné, aussi bien dans le temps que dans l'espace. Au moment où nous nous parlons nous sommes en 1460 alors que moi, je suis née en 1987. Mon pays s'appelle la France et il se trouve sur un autre continent, de l'autre côté de la terre. Pour venir jusqu'ici, j'ai traversé les siècles et les océans.

Mantero la regardait, ébahi. Il ne comprenait pas un mot de ce qu'elle lui disait et se demandait pourquoi elle inventait pareille histoire.

Je sais que ce que je suis en train de te dire te semble impossible, continua Lya en posant sa main sur la sienne. Tout comme cela me semblait impossible à moi aussi. Mais c'est pourtant ce qui s'est passé.

– Lya, je crois sincèrement que tu es restée trop longtemps sur la grande place à fêter l'annonce du sacrifice et que cela t'a fait perdre la raison, dit-il en contenant son calme. Mais si tu n'arrêtes pas bientôt tes mensonges grotesques, je vais être dans l'obligation d'appeler les gardes. Maintenant laisse-moi. Je dois me préparer pour le sacrifice.

– Mantero, tu ne comprends pas! s'écria-t-elle. Ton sacrifice n'arrêtera pas l'éruption du volcan! L'éruption ne dépend pas de ta mort ni même de ta vie! Rien ne peut empêcher les laves de couler : ni toi, ni moi, ni les prêtres, ni même un dieu, si puissant soit-il. Cela nous dépasse tous… c'est un phénomène naturel contre lequel personne ne peut agir…

– Tu as raison, lui dit-il calmement.

– Vraiment? interrogea Lya, surprise d'avoir gagné la bataille aussi rapidement.

– Oui, tu as raison. Je ne te crois pas. Est-ce le trop d'asua que tu as bue et qui te fait tourner la tête à en perdre la notion de tes paroles?

– Je te dis la vérité, Mantero. Tu te souviens du pouvoir magique que le Seigneur Manco Capac a donné à la chacana lorsqu'il créa le médaillon?

– Oui, je m'en souviens. Grâce à la chacana, tu peux parler aux animaux. C'est grâce à elle que tu parlais au puma dans la jungle…

– C'est exact, mais ce n'est pas tout…

L'œil de Mantero se plissa et elle sut qu'elle était parvenue à capter son attention.

– Je t'ai menti lorsque je t'ai raconté que j'avais trouvé ce médaillon sur un chemin. Je l'ai trouvé chez moi, dans un coffre et lorsque je l'ai mis autour de mon cou, j'ai été transportée ici à Cuzco, dans la ruelle où nous nous sommes rencontrés. C'est grâce à la chacana que j'ai pu voyager dans le temps et dans l'espace. C'est grâce à elle que j'ai pu venir du futur.

Lya sentit qu'elle pouvait continuer.

– Mantero, reprit-elle, dans le futur, il y a des hommes qui étudient les secrets des volcans, comme les amautas, les sages de Cuzco, étudient les secrets des étoiles. Ces savants ont découvert que le volcan vivait grâce à une force naturelle contre laquelle l'Homme ne peut rien faire. Il est impossible d'empêcher un volcan d'entrer en éruption. Impossible… Et ton sacrifice n'y changera absolument rien.

– Cela suffit, Lya ! s'emporta Mantero dans un excès de colère. Tu vas beaucoup trop loin. Encore un mot et j'appelle les gardes.

Il s'était levé et lui tournait le dos. Mais les soubresauts de ses mains trahissaient son émotion. Il était sur le point d'exploser.

Lya comprit qu'il ne servirait à rien de continuer ainsi et que chaque phrase prononcée ne ferait qu'empirer les choses. À cet instant précis, Mantero et elle étaient incapables de se comprendre.

Malgré l'amitié qui les liait, malgré leur complicité et la confiance qu'ils avaient l'un en l'autre, leurs différences les opposaient.

Ces différences qui les avaient rapprochées étaient à présent un obstacle qui les séparait. Elles étaient devenues un précipice qui les déchirait.

– Je t'en prie, dit tristement Lya. Pense à ce que je viens de te dire. Ta propre vie en dépend. Si tu ne le fais pas pour toi, fais-le pour moi.

– Ce n'est pas possible. Lya, je t'aime d'une amitié rare et tu le sais. Mais mon peuple a besoin de moi. Il compte sur moi car j'ai été choisi. C'est mon devoir d'Élu et mon honneur personnel d'accomplir la volonté des dieux.

Lya sortit du Coricancha, vidée de toute force et de tout espoir. Rien ne semblait pouvoir convaincre Mantero de renoncer à son propre sacrifice. Son ami n'avait plus que quelques heures à vivre et cela lui était insupportable.

Elle arpentait les rues de Cuzco aveuglée par des larmes de colère et d'impuissance. Des haut-le-cœur l'obligeaient à s'arrêter et à prendre appui contre le mur pour réguler son souffle.

Ses douleurs intérieures s'exprimaient extérieurement, son corps devenait l'interprète de sa détresse. Sans qu'elle ne s'en rende compte, ses pas claudicants la menèrent au-delà des limites de la ville.

Le silence et l'espace de la montagne la calmèrent peu à peu. Elle s'assit sur une pierre chauffée par le soleil, posa son visage entre ses mains et pudiquement, loin des yeux de tous, elle libéra enfin ses larmes.

*

– Pourquoi pleures-tu, fille du peuple ?

Surprise, Lya releva la tête mais elle ne vit personne autour d'elle.

– Pourquoi pleures-tu ? demanda à nouveau la voix sifflotante.

Lya se leva d'un bond et vit sur la pierre où elle était assise, un serpent qui se dressait devant elle. Elle recula.

– N'aie pas peur, dit le serpent. Je ne te ferai aucun mal. J'ai entendu ta peine et senti la douleur de ton cœur. Fille du peuple, pourquoi ton regard porte-t-il tant de tristesse ?

Autour de son cou, la chacana s'était teintée d'une couleur vert émeraude.

Lya se rapprocha et se baissa à hauteur du serpent. En essuyant ses larmes, elle lui expliqua que son ami allait être sacrifié au dieu Volcan pour empêcher son éruption. Elle avait tenté de convaincre son ami que rien ne pouvait empêcher ce phénomène naturel d'avoir lieu, pas même sa propre mort, mais il n'avait rien voulu entendre, persuadé des bienfaits de son sacrifice pour son peuple.

– Je veux absolument trouver un moyen de l'aider, termina-t-elle en ravalant un sanglot qui lui montait dans la gorge.

– La meilleure façon d'aider ton ami, dit le serpent, est de le comprendre et de respecter ses croyances même si elles sont différentes des tiennes. Dans ton pays, tes pensées et tes convictions sont pleines de valeur. Mais ici, les gens pensent et vivent différemment de toi. Les choix de ton ami t'échappent et c'est une situation qu'il te faut accepter… car justement, ce sont ses choix.

– Mais il va mourir ! s'écria Lya.

– Il est des choses que tu ne peux pas contrôler, fille du peuple. Et tu te dois de respecter certaines croyances même si elles sont différentes des tiennes et que tu n'es pas en accord avec elles. Respecter la différence de l'autre, c'est ça aussi, aimer. Sèche tes larmes, fille du peuple. Et retourne près de ton ami, il a besoin de toi.

Lya comprenait le message du serpent. Elle comprenait la nécessité de respecter l'autre, ses convictions et ses différences.

C'était justement parce que Mantero était si différent d'elle qu'ils étaient complémentaires et que leur amitié avait grandi.

Et c'était grâce à cette différence également qu'elle avait tant appris durant les derniers jours, qu'elle avait découvert des endroits jamais imaginés. Peu à peu, elle était devenue sensible aux couleurs et aux odeurs nouvelles ; elle s'était imprégnée de ces visages qu'elle n'avait encore jamais vus, de leurs sourires et de l'éclat dans leurs yeux… Et ces découvertes, ces différences qui l'avaient d'abord surprise l'avaient enrichie…

Mais aujourd'hui, ce que le serpent lui demandait de faire était au-dessus de ses forces.

– Serpent, dans quelques heures, mon ami va être sacrifié. Et ce sacrifice, peu importe la raison pour laquelle il va être effectué, je ne peux l'accepter. Que puis-je faire pour l'aider ?

– L'amitié est l'un des plus beaux et des plus forts sentiments qui existent et en cela tu as raison de vouloir te battre pour ton ami. Mais si tu souhaites l'aider, fille du peuple, fais-le en respectant qui il est et ce en quoi il croit.

En prononçant ces derniers mots, le serpent se dressa devant Lya dans une danse majestueuse avant de disparaître dans les herbes hautes.

Dans le silence des montagnes, Lya repensait aux paroles du serpent : « Aide ton ami en respectant qui il est et ce en quoi il croit. »

Cette phrase était certainement juste et pleine de sagesse, mais que signifiait-t-elle au fond ?

Et surtout, comment devait-elle s'y prendre ?

Soudain, l'image du puma dans la jungle lui réapparut et les mots qu'il avait prononcés retentirent à son oreille.

Peu à peu, les paroles du serpent et du puma se mêlèrent les unes aux autres et prirent sens dans son esprit.

Et alors, elle sut comment aider Mantero.
Respecter les croyances d'ici…
Et croire que tout est possible…

15
Entrer en contact avec l'Essentiel

Lorsqu'elle pénétra dans la cellule de Mantero, la pièce était vide. Les mantas et les quelques affaires personnelles du jeune garçon avaient également disparu. Seule restait sa natte étalée par terre.

Lya fut prise d'un mauvais pressentiment.

Elle ressortit immédiatement et se dirigea vers un prêtre qui lui affirma que l'Élu était parti depuis plusieurs heures avec le convoi funéraire et les prêtres du soleil.

– Il est déjà parti vers le sud? s'écria Lya. Mais le départ était prévu pour demain…

– C'est exact, mais le prêtre Villac Umu a reçu un nouveau kipu l'informant que le volcan devenait de plus en plus menaçant. Il a donc avancé le départ du convoi.

– Comment puis-je les rattraper?

– Il n'existe qu'une seule route menant vers le sud. Et comme toutes les routes de l'Empire, elle débute sur la place centrale de Cuzco. Malheureusement, je crains qu'avec l'avance qu'ils ont prise, il soit impossible de les rejoindre…

Mais Lya ne l'écoutait déjà plus… Elle sortit en trombe du Coricancha, dévala les ruelles vers la place Haycapata et prit la route qui menait vers le sud.

Elle courait depuis plusieurs kilomètres déjà lorsqu'elle sentit un point de côté lui transpercer la poitrine qui l'empêchait de respirer normalement. « L'altitude, pensa Lya. Nous sommes à 3 500 m au-dessus de la mer et mon organisme n'est pas habitué à courir à une telle altitude… »

Elle s'arrêta sur le bord de la route pour reprendre son souffle et se courba en deux pour calmer la douleur qui lui serrait les poumons. Mais chaque fois qu'elle se relevait pour reprendre sa course, la douleur revenait, toujours plus forte.

« Ce n'est pas possible, se dit-elle. Pas maintenant… Il faut absolument que je coure, que j'aille plus vite, sinon, je ne rattraperai jamais Mantero à temps. »

Elle se redressa une nouvelle fois, mais la douleur fut si violente qu'elle ne put faire un pas de plus. Elle se laissa tomber sur le bord de la route, à bout de force. Les yeux perdus dans le vide, elle essaya de penser aux différentes possibilités qui lui restaient.

Elles n'étaient pas très nombreuses.

Elle avait bien songé à emprunter un lama, mais elle n'en avait pas croisé sur sa route. Et les Incas n'utilisaient pas les lamas comme monture, il aurait donc été très difficile de faire avancer l'animal comme elle le souhaitait. La seconde solution était d'avoir recours à un chasqui pour transmettre son message à Mantero. Ces messagers qui étaient habitués à courir de grandes distances en peu de temps auraient vite fait de rattraper le convoi funéraire. Mais Mantero ne se laisserait pas convaincre si facilement.

Il fallait absolument qu'elle lui parle en personne… et discrètement.

Devant le peu d'opportunités qui lui restaient, Lya sentit courage et espoir s'évanouir. Et pour la première fois de sa vie, elle se sentit seule au monde, complètement impuissante. Son regard se couvrit d'un voile de profonde tristesse.

Tandis que Lya massait ses jambes endolories, une ombre se mêla au souffle du vent et flotta au-dessus d'elle. Sans un bruit, l'ombre s'éloigna, s'éleva, fit demi-tour et revint tournoyer au-dessus de la jeune fille.

Lya leva la tête et découvrit l'oiseau. Imposant. Majestueux.

Son plumage jouait avec les rayons du soleil dont la lumière se reflétait sur ses serres aiguisés. De son bec entrouvert s'échappa un cri strident. Ses yeux perçants la regardaient, elle.

Lya sentit un frisson la parcourir tandis que le condor effectuait des cercles de plus en plus restreints.

Se pouvait-il qu'il la confonde avec une proie ?

Allait-il s'élancer sur elle ?

Il se rapprochait, toujours plus menaçant. Hypnotisée, Lya ne pouvait détacher son regard de l'oiseau.

Soudain, le condor piqua vers elle.

Lya ferma les yeux, protégea son visage dans ses bras, repliée sur elle-même. Et elle attendit que les serres du rapace la transpercent.

Mais rien ne se passa.

Rien.

Aucun accroc, aucune blessure ni déchirure.
Rien.
Le condor ne l'avait pas attaquée.

– Pourquoi es-tu triste, fille du peuple ?

Lya releva lentement la tête, sortit son visage de ses mains et découvrit le condor posé à côté d'elle. Interloquée, Lya ne répondit pas. La chacana avait repris sa couleur vert émeraude.

– J'ai vu le peuple de Cuzco se réjouir à l'annonce d'un sacrifice, continua le condor. Mais tandis que leurs yeux brillent d'une espérance nouvelle, les tiens se voilent de tristesse.

– Les habitants de Cuzco se félicitent d'un événement qui me rend malheureuse et que je ne peux accepter, répondit Lya. C'est mon ami qui va être sacrifié.

Lya raconta au condor sa rencontre avec le serpent. Elle lui confia qu'elle savait comment convaincre Mantero tout en respectant ses croyances et ses différences. Mais le convoi funéraire était beaucoup trop loin et jamais elle ne pourrait le rejoindre à temps.

– Lorsque tu désires ardemment quelque chose et que seule, tu ne peux le réaliser, dit le condor, fais appel à l'univers. La solution ne viendra peut-être pas de toi, mais elle viendra à toi. En communiquant avec le monde autour de toi, le monde fera de ta quête personnelle une quête universelle. Et il se mobilisera pour t'aider dans ton accomplissement.

Lya n'était pas sûre de comprendre entièrement ce que le condor lui disait.

– Monte sur mon dos, reprit l'oiseau. En me parlant de ta quête, elle est devenue un peu la mienne. En volant, nous rattraperons le temps perdu.

Lya grimpa sur son dos et s'accrocha à ses longues plumes tandis que le rapace s'élevait dans les airs.

Ils parvinrent au volcan peu avant la tombée de la nuit. Le condor se posa en aval du convoi funéraire, de manière à ne pas être remarqué par les prêtres ni les gardes. Ils avaient débuté l'ascension et les hommes préparaient à présent le camp pour la nuit.

Le sacrifice allait avoir lieu le lendemain matin à l'aube.

– C'est ici que nos chemins se séparent, murmura le condor. Continuer de nuit serait trop dangereux ; le volcan est fissuré par de nombreuses crevasses dans lesquelles tu risquerais de tomber. Pars aux premières lueurs, avant le lever du soleil et prends garde à toi.

Avant qu'elle n'ait le temps de répondre, le condor s'éleva dans les airs et poussa un cri strident qui retentit dans la vallée.

Lya se retrouva seule à nouveau, dans le silence de la nuit qui se faisait de plus en plus noire. Il lui fallait reprendre des forces à présent… Le destin de Mantero allait se jouer dans quelques heures et elle disposerait de peu de temps pour le convaincre.

*

Au petit matin, alors que le soleil n'était pas encore paru, Lya se réveilla en sursaut. Immédiatement, elle

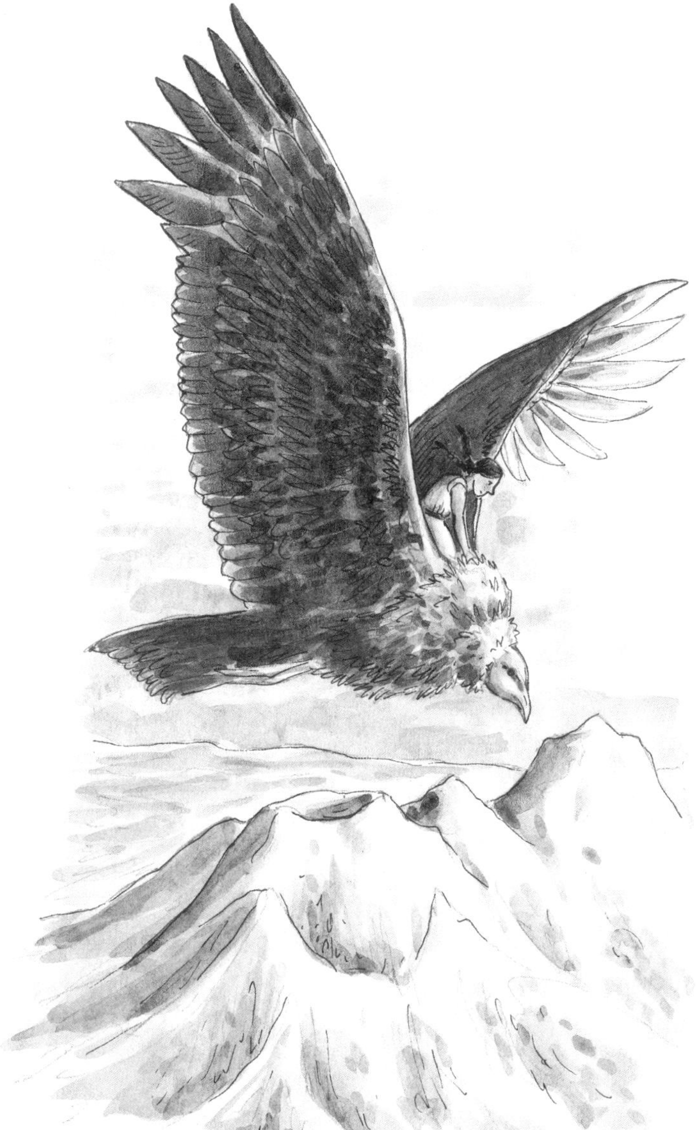

tourna la tête vers le sommet du volcan ; le convoi était toujours à la même place, tout le monde semblait encore endormi.

Sans un bruit, elle entama son ascension. Elle avançait courbée, redoublant d'attention pour ne pas provoquer d'éboulement de pierres.

Lorsqu'elle arriva à proximité du campement, elle se fit encore plus petite et silencieuse. Chacune de ses respirations, chacun de ses pas pouvait la trahir. Elle ne pouvait se permettre aucune erreur.

Mantero dormait à l'autre extrémité du camp, un peu à l'écart des prêtres. Elle se glissa jusqu'à lui en rampant entre les pierres.

– Mantero, chuchota-t-elle.

Mais l'Élu ne bougea pas.

– Mantero ! reprit Lya en forçant sur sa voix.

Dans un grognement, le jeune garçon se retourna sur lui-même et sortit sa tête des couvertures qui le protégeaient du froid. Lorsqu'il aperçut le visage de Lya, il sursauta.

– Lya ? Mais que fais-tu ici ? Pourquoi n'es-tu pas restée à Cuzco ?

– Mantero, je sais comment empêcher le volcan d'entrer en éruption. Ton sacrifice ne sera pas nécessaire…

– Lya, nous en avons déjà parlé. Seule l'offrande de ma vie pourra calmer le dieu Volcan.

Lya pouvait lire dans les yeux de son ami un mélange de terreur et de grande fierté. Mais par-dessus tout, elle y lisait une détermination sans borne. Il fallait faire vite et trouver les mots qui le convaincraient.

– Mantero, écoute-moi, nous avons très peu de temps avant que les prêtres ne se réveillent. Tu te souviens lorsque nous avons rencontré le puma dans la jungle ?

– Oui, nous avons déjà parlé de cela également… et je ne vois pas le rapport…

– Selon le puma, la chacana permet aux hommes de communiquer avec les dieux et les forces de la nature. Et il a ajouté que tous les animaux et les éléments naturels respectent le médaillon ainsi que celui qui le porte.

– Lya, tu perds ton temps…

– La solution est là ! Imagine, si je réussissais à…

Un craquement bref les surprit.

16
Vis ce qui t'est offert de vivre

Lya et Mantero tournèrent la tête en même temps et se retrouvèrent face à un homme de grande taille qui se tenait derrière eux. Sa longue toge noire brodée d'or venait accentuer les traits rigides de son visage et les cernes sous ses yeux. Une lueur passa dans son regard tandis qu'il scrutait Lya, un sourire au coin de la bouche.

– Prêtre Villac Umu. C'est mon amie. C'est moi qui lui ai demandé de venir, mentit Mantero. Ne lui faites pas de mal…

Mais le prêtre ne l'écoutait pas. Il ne quittait pas Lya des yeux. Son visage s'anima de saccades et son sourire se figea en un rictus. Son regard s'enflamma d'une lueur jaune.

«Je connais ce visage, pensa Lya. C'est cet homme que j'ai vu dans la foule dans la Cité du Machu Picchu. Et ce regard où danse une flamme… Je le connais d'ici et d'ailleurs… mais d'où?»

– Ma chère Lya, ricana Villac Umu. Tu es tellement prévisible…

Comment connaissait-il son prénom? Seuls Mantero et Tayka, le prêtre de la Cité Mystérieuse Machu Picchu savaient comment elle s'appelait…

Et ce visage… Pourquoi lui semblait-il si familier ?

– Tu ne m'as toujours pas reconnu, petite sotte ?

Son rictus se marquait toujours plus.

– Grand Prêtre Villac Umu, je vous en prie, laissez Lya hors de tout cela… Mantero ne comprenait pas. Pourquoi son mentor s'adressait-il directement à Lya alors qu'il ne l'avait jamais rencontrée ? Pourquoi l'ignorait-il ainsi, lui, son protégé ? Et Lya, pourquoi semblait-elle si absorbée par le prêtre ?

Les yeux de Lya se plissèrent et son regard chercha à entrer dans celui de l'homme en noir qui se tenait devant elle.

Prends garde à l'homme des ombres…

La voix protectrice de Marianne lui revint en mémoire. Et soudain, elle sut.

– Griffas, murmura-t-elle. Vous êtes Griffas, le bibliothécaire de mon collège.

– Il t'aura fallu du temps, petite sotte. Je te croyais plus perspicace que cela.

– Et c'est vous également l'homme contre lequel Marianne m'a mise en garde.

– C'est exact. Si cette vieille peste n'était pas revenue de je ne sais où pour « apparaître » dans ton grenier, j'aurais déjà mis la main sur la chacana depuis longtemps…

Mantero écoutait la conversation sans en comprendre un mot.

– C'est le médaillon que vous voulez ? demanda Lya.

– Qu'est-ce que tu t'imagines… Bien évidemment que c'est le médaillon qui m'intéresse. Mais pas seulement…

Les magnikus ne sont qu'un moyen pour atteindre mon ultime objectif…

Le Prêtre Villac Umu et Griffas étaient donc une seule et unique personne… Mais comment était-ce possible ? s'interrogea Lya.

Son regard planté dans le sien, Griffas continuait à avancer vers elle. C'est à ce moment qu'elle remarqua la pierre ovale qu'il tenait dans la main. La pierre était noire mais il y dansait une flamme qui amplifiait à chaque pas qui le rapprochait d'elle.

— Prêtre Villac Umu, intervint Mantero avec force, laissez-la partir. Il n'y a que ma mort qui peut empêcher l'éruption du volcan, vous me l'avez dit vous-même. Ne touchez pas à Lya…

Le jeune homme se tenait entre les deux personnes qui avaient tenu une place prépondérante dans sa vie au cours des derniers jours. Il faisait face à Griffas, la tête levée avec fierté. Son regard mêlait à la fois supplication et défiance. L'homme tendit son bras et poussa le jeune Élu qui bascula en arrière. En tombant à terre, Mantero laissa échapper un cri de douleur et grimaça en protégeant son poignet.

Lya continuait de reculer au fur et à mesure que Griffas avançait. Chacun de ses pas la menait plus près du cratère du volcan et sous ses pieds, le sol se fissurait de longues et profondes crevasses. L'air de plus en plus âpre et lourd lui brûlait la gorge et les yeux. Lya porta sa main à la bouche mais les particules de soufre qui émanaient du volcan lui déchiraient les poumons. Chaque pas en arrière la plongeait dans une fumée dense qui l'empêchait de

171

respirer et qui l'asphyxiait. Manquant d'oxygène, Lya s'effondra sur le sol noir. Sous elle, le volcan vrombissait et menaçait d'éclater à chaque instant. Des gouttes de laves rouges giclaient du cratère et retombaient lourdement.

Elle leva les yeux.

Griffas se tenait debout devant elle.

À demi consciente, elle pouvait à peine le voir, mais elle sentait sa présence et devinait son rictus qui se muait en une grimace victorieuse.

– Tu pensais pouvoir t'en sortir, ricana-t-il… ce que tu peux être sotte, petite sotte.

Il se pencha vers elle en tendant le bras vers le médaillon.

Soudain, elle se sentit submergée par l'amour et la confiance de Marianne dont la seule voix chaude savait la guider et une pensée lui revint à l'esprit :

Croire que tout est possible

C'était pour cela qu'elle était venue jusqu'au volcan. Parce qu'elle y croyait…

Lya posa sa main sur le pendentif et le pressa contre sa poitrine. Elle ferma les yeux, fit le vide dans sa tête.

Et elle entra en contact avec l'Essentiel.

– Volcan, murmura Lya, écoute-moi. Cesse de faire couler tes larmes de feu…

Des larmes d'eau ruisselaient sur son visage. Sous elle, le volcan vrombit et la forte secousse projeta Griffas en arrière.

– Volcan, je sais que tu m'entends. Réponds-moi, je t'en prie…

Alors le volcan rompit son silence.

– Je sors d'un long sommeil, grommela-t-il. Je me réveille enfin et tu me demandes de me rendormir après tant d'années d'assoupissement ?

– Oui, volcan, c'est ce que je te demande…

– Pourquoi devrais-je écouter ta requête, fille du peuple ?

– Parce que par tes laves, des innocents vont mourir…

– Tous les Hommes ne sont pas innocents, fille du peuple.

– Que veux-tu dire, volcan ?

– Certains Hommes sèment autour d'eux les graines de la colère, ils répandent la terreur et font la guerre dans l'unique but d'agrandir leur propre pouvoir et leur domination. Certains Hommes sont prêts à tout détruire autour d'eux pour réaliser leur propre désir personnel. Ils ne tiennent pas compte du mal qu'ils font aux autres. Alors vois-tu, fille du peuple, tous les Hommes ne sont pas innocents.

Lya écoutait avec grande attention ce que lui disait le volcan, et elle se souvenait des paroles sages de Tayka, le Prêtre du Machu Picchu.

– Non, tu as raison, volcan, tous les Hommes ne sont pas innocents. Mais ceux que tu vas frapper aujourd'hui par tes coulées enflammées le sont. Tout comme l'est le jeune homme qui va donner sa vie pour sauver son peuple.

Lya continuait à fixer Griffas qui s'était relevé et avait repris sa progression.

– Et pourquoi est-ce si important pour toi, fille du peuple ?

– Parce que par la différence des gens d'ici, j'ai découvert une des mille facettes du cœur de l'Homme. Ces hommes ont leur place dans l'Humanité et leur histoire construit l'Histoire de notre planète. Ne les condamne pas…

Lya marqua un temps avant de continuer. Pour convaincre le volcan, elle se devait d'être honnête avec lui ; et surtout honnête avec elle-même.

– Et c'est important pour moi parce que le jeune Élu qui va donner sa vie est mon ami. Et que je ne veux pas le perdre.

– Mmmmh, cela me semble être des raisons issues tout droit de ton cœur, fille du peuple.

Il se tut.

Griffas se trouvait à deux pas d'elle. Elle recula en rampant, les pierres lui brûlaient les mains, déchiraient ses cuisses. Elle s'arrêta, bloquée par un rocher derrière elle.

– Soit, fit le volcan. Mais souviens-toi, fille du peuple, certains Hommes ne sont pas innocents.

À cet instant, un profond grondement s'éleva du cœur du cratère et la terre se mit à trembler. La chacana brillait d'une lumière vert émeraude avec une intensité aveuglante.

Entre les pieds de Lya, une fente éventra le sol noir et couru vers la base du volcan. Griffas reculait, les yeux rivés sur la fissure qui se ruait vers lui. Ses yeux se levèrent une dernière fois sur Lya :

– Sans la Pierre Noire de Feu tu ne peux rien, dit-il. Avec la Pierre Noire de Feu, je te retrouverai où que tu sois…

Il se retourna pour tenter de lui échapper, mais la fente suivait chacun de ses pas. Lorsqu'elle l'atteignit, la crevasse s'ouvrit dans un souffle brûlant et Griffas disparut, happé par les entrailles de la Terre.

17
Pars à la découverte du monde

Lya et Mantero avaient quitté la région du sud depuis plusieurs jours déjà et ils arrivaient en vue de la capitale inca. Les chasquis avaient couru sur les routes de l'Empire pour porter leur message et c'est avec le plus grand soulagement que le peuple inca avait appris que le volcan s'était rendormi. Leurs prières avaient été entendues et exaucées.

Le chemin du retour avait été long pour les deux enfants mais sur leur route, ils avaient trouvé de l'aide, de la nourriture fraîche et un toit pour chaque nuit. Les paysans étaient fiers d'aider à leur tour ces messagers des Dieux en partageant avec eux des galettes, de l'asua ou du quinoa. Ils leur ouvraient leur porte et leur proposaient de dormir sur leurs nattes. Un élan de solidarité s'était créé sur leur passage.

Le retour leur avait également permis d'échanger sur ce qui venait de se produire. À eux deux, ils avaient tenté de comprendre.

– Tu te souviens lorsque je t'ai dit que je venais du futur, Mantero ?

Une lueur passa dans le regard du garçon. Quelques jours auparavant, il n'avait pas voulu croire Lya ni écouter l'ensemble de ses explications.

– Je pense que Villac Umu vient du même monde que moi. Je ne peux t'expliquer comment cela est possible, mais j'ai reconnu en lui une personne qui m'est familière.

Villac Umu ? C'est impossible. Je l'ai toujours vu au Coricancha… Pourquoi s'en est-il pris à toi ?

– Ce n'est pas moi qui l'intéressais. C'est la chacana.

Ils arrivèrent en vue de Cuzco. La Cité aux murs d'or était en pleine effervescence. Déjà au loin on pouvait entendre les chants et les musiques qui s'élevaient dans la vallée et qui acclamaient le retour des deux compagnons.

Lorsqu'ils arrivèrent aux portes de la ville, Lya se tourna vers Mantero dont les yeux brillaient de fierté.

– Mantero, dit-elle d'une voix tremblante, c'est ici que nos chemins se séparent.

– Pardon ?

– Tu m'as bien comprise. Je dois m'en aller.

– Mais où vas-tu ? Tous les habitants de Cuzco nous attendent, ne les entends-tu pas ?

– Si, je les entends, murmura-t-elle en détournant le regard pour cacher les larmes qui montaient trop vite.

– Et le Seigneur Pachacutec lui-même souhaite nous recevoir. Il est revenu du nord pour nous…

– Je le sais… Mais tu iras, toi, voir l'unique Seigneur. Tu n'as pas besoin de moi pour cela.

– Si, Lya, j'ai besoin de toi. J'ai besoin de toi aujourd'hui, demain, après-demain…

Doucement, elle lui prit la main et le regarda dans les yeux. Des larmes coulaient sur ses joues encore noircies par les fumées du volcan. Chaque goutte salée laissait des petits sillons de suie, mais elle ne semblait pas le remarquer.

Depuis quelques minutes, la chacana s'était mise à briller avec une intensité qu'elle ne lui avait encore jamais vue. C'est alors qu'elle avait compris. Son temps dans l'Empire inca était sur le point de s'achever et ces mots étaient les derniers qu'elle adressait à Mantero.

– Je serai toujours là pour toi, Mantero, ne l'oublie jamais. Peut-être pas ici à Cuzco, mais dans un endroit beaucoup plus fort: dans tes souvenirs et dans ton cœur. Et je sais que tu seras toujours présent pour moi.

La lumière vert émeraude qui émanait du médaillon s'amplifiait à chacun de leurs mots et de leurs regards, la pressant de lui dire au revoir.

– Puis-je savoir où tu vas ? lui demanda-t-il fébrilement.

– Je rentre chez moi, répondit simplement Lya.

Elle souriait doucement, mais son sourire cachait une profonde tristesse.

– Est-ce que nous nous reverrons ?

– Je ne pense pas, Mantero. C'est très loin, chez moi.

Alors, sans même prononcer une seule parole, elle lui dit combien elle tenait à lui et à quel point il était important pour elle. Et dans le flot de ses tremblements, elle lui dit qu'à jamais il faisait partie de sa vie.

Elle lui ouvrit son cœur sans ouvrir sa bouche.

Il y a des mots que seul un regard peut prononcer.

Ses pas la menèrent droit devant elle, de l'autre côté de la colline.

Elle vit un voile de lumière et instinctivement, elle se dirigea vers lui.

Mais avant de l'atteindre, elle hésita. Elle regarda autour d'elle et s'assit sur une pierre, retardant de quelques secondes le moment qu'elle avait pourtant tant désiré et attendu : retourner auprès des siens. Jamais elle n'aurait cru que rentrer chez elle serait devenu si difficile.

Soudain elle entendit des herbes se froisser. Elle tourna la tête et vit le puma s'approcher doucement d'elle.

– Puma, que fais-tu ici, hors de ton royaume ?

– Je suis venu te dire au revoir, fille du peuple.

– Mais la région est dangereuse pour toi. Si les hommes te voient, ils te tueront.

– Je connais les risques de mon choix, fille du peuple. Mais je suis prêt à y faire face. Je voulais t'accompagner pour ces ultimes pas qui te sont si éprouvants comme tu as accompagné le peuple inca dans ces événements qui ont marqué son existence. Et ma présence pour toi, ici et maintenant, vaut tous les risques que j'ai pris.

Alors qu'elle s'approchait du fauve pour le remercier, un léger sifflement parmi les feuilles et un souffle d'aile se posant sur le sol l'interrompirent. Le serpent et le condor étaient également venus.

Le serpent se dressa sur la pierre où Lya s'était assise.

– Fille du peuple, avant que tu ne t'en ailles, il te faut prendre conscience de certaines choses.

– Je t'écoute, serpent.

– Ce médaillon que tu portes autour de ton cou est d'une importance vitale pour le peuple inca, mais pas uniquement. Il est essentiel pour l'évolution du monde et de l'humanité.

Lya fronça les sourcils. Elle ne comprenait pas ce que le serpent lui disait.

« Le serpent a raison, Lya. »

La voix émanait de nulle part. Elle semblait si lointaine et si proche à la fois. Et surtout si familière… « C'est la voix de Marianne », pensa Lya.

« La chacana est issue de la création du peuple inca. Ce médaillon est ce que l'on appelle un "magnikus" car il a été conçu pour protéger le peuple qui l'a créé. Pour cela, il est doté de pouvoirs magiques.

Le premier pouvoir qui lui est conféré est de permettre à celui qui le porte de venir au temps des Incas et de s'adapter rapidement aux coutumes du pays.

Comme tu le sais, ce pouvoir magique n'est pas le seul. Grâce à ce médaillon, tu es entrée en contact avec les êtres naturels, que ce soit avec les animaux réunis autour de toi aujourd'hui ou avec le volcan. Et tu as su communiquer avec eux.

Mais la chacana n'est pas l'unique magnikus qui existe. Il y en a quatre, réunis autour de la Pierre Noire de Feu. »

Les yeux de Lya s'agrandirent. « Quatre magnikus ? »

« Chaque magnikus, reprit la voix, est issu d'une civilisation essentielle dans l'évolution de l'Humanité. Chaque magnikus dote celui qui le possède de pouvoirs magiques. Tous ont un pouvoir en commun : permettre de venir au temps de la civilisation dont ils sont issus et de s'adapter rapidement au peuple et au pays. Puis chaque magnikus possède un autre pouvoir qui lui est propre. »

« Et la Pierre Noire de Feu ? demanda Lya. Qu'est-ce que c'est ? »

« La Pierre Noire de Feu est directement issue de la création du monde. C'est elle qui régit les magnikus. Seule, elle ne peut rien. Mais entourée des magnikus, elle aspire tous leurs pouvoirs et les décuple.

Le seul pouvoir qui lui est propre, c'est de permettre à celui qui la possède d'être transporté au temps de la civilisation des magnikus et de s'y adapter.

Comme tu le sais, les magnikus ont été créés pour protéger. Mais s'ils tombent aux mains de mauvais hommes, ils peuvent détruire. Aujourd'hui, c'est toi qui détiens la chacana, mais…

… mais c'est Griffas qui détient la Pierre Noire de Feu, continua Lya.

— C'est exact. Il t'appartient désormais de retrouver les autres magnikus avant lui, de les rassembler autour de la Pierre Noire de Feu au pays de la création de l'Homme et de les utiliser à bon escient.

— Mais comment trouverai-je les magnikus ?

— N'aie crainte, Lya. Ce sont eux qui t'appelleront.

— Et où se trouve ce pays dont tu me parles ?

— Patience, jeune fille. Tu le découvriras bien assez tôt. Tes pas t'y guideront d'eux-mêmes. Vis d'abord ce qui t'est offert de vivre aujourd'hui. »

La voix se tut et un souffle de vent vint balayer les joues rouges de Lya.

« Il est temps, fille du peuple. »

Le serpent, le condor et le puma regardaient Lya. Le voile de lumière semblait s'ouvrir peu à peu comme pour l'encourager à venir le traverser.

Alors Lya avança vers le voile jusqu'à ce qu'il avale sa silhouette.

Dans le souffle de sa disparition, la lumière du soir se teinta d'une note de mystère propre à ce pays et qui avait tant touché Lya à son arrivée…

Une lumière dotée de mystère…

Ce mystère qui donne à la vie un goût d'éternité.

ÉPILOGUE

– Lya !

La voix surgit du silence puis se tut.

Par la petite lucarne, la lumière filtrait, laissant entrevoir des particules de poussière qui dansaient dans les airs. Autour d'elle gisaient des livres éparpillés par terre ainsi que les débris d'une vieille bibliothèque trop longtemps oubliée. Une malle de voyage en cuir rongé par les années était entrouverte comme pour y protéger ces objets que l'on ne veut plus mais dont on n'ose pas se séparer.

– Lya, où es-tu ?

La voix se rapprochait. Le plancher craquait à chaque pas qui se posait sur le sol.

Lya sentait la voix venir de plus en plus près, mais rien en elle ne voulait répondre ou bouger.

Soudain son regard fut attiré par une lueur fébrile dans l'obscurité du grenier. Elle s'approcha doucement à quatre pattes et découvrit un livre dont la couverture rouge portait en son centre un emblème qui rappelait la forme du signe de l'infini, comme le nommait son frère Adrien. Mais sur ce signe-là, la boucle de droite était ouverte. On aurait dit un vieil album photos, en plus volumineux. Elle prit le livre dans ses mains et s'appuya contre la malle de voyage.

– Lya ? Enfin te voilà ! Que fais-tu ici ? Pourquoi n'es-tu pas au collège ?

Lya ne répondait toujours pas. Ses yeux restaient rivés sur le manuscrit de cuir rouge.

– Heureusement que j'ai vu ton sac de cours contre la porte vitrée, dit sa mère en s'asseyant près d'elle. C'est comme ça que j'ai su que tu étais rentrée à la maison ce midi… Cela fait plus de 10 minutes que je te cherche… Où étais-tu ?

– Ici et ailleurs, répondit doucement la jeune fille. Mais j'étais plus ailleurs qu'ici. Elle marqua une pause avant de reprendre. J'ai fait un grand voyage, maman.

– Un voyage ? l'interrogea sa mère. Et où es-tu allée ?

– Là où ce livre a souhaité m'emmener… dit-elle, ses pensées volant vers ce monde lointain et pourtant encore si proche.

Voyant sa fille encore bercée d'un univers qui lui était inconnu, Alice décida de ne pas insister. Elles auraient tout le temps de parler des photos que contenait cet album pendant le dîner de ce soir.

– Je vais préparer le déjeuner, lui dit-elle. Rejoins-moi dans la cuisine.

Sans attendre de réponse, Alice descendit les barreaux de l'échelle qui l'avait menée au grenier.

Un sourire empreint de sérénité s'était dessiné sur le visage de Lya.

En quelques instants, sa vie venait d'être changée pour le reste de ses jours. Elle le savait…

Plus jamais elle ne serait la même.

Plus jamais elle ne poserait sur le monde le même regard.

Et les gens qu'elle rencontrerait seraient synonymes de vies nouvelles.

Soudain, une lumière vert émeraude la sortit de ses songes. Elle baissa la tête et vit la chacana autour de son cou. Son sourire s'agrandit lorsqu'elle pensa à Mantero.

La lumière du médaillon se fit plus intense avant de s'éteindre en une fraction de seconde…

Dans ses mains, Lya tenait toujours le précieux livre de Marianne.

Lorsqu'elle le reposa par terre, le livre s'ouvrit de lui-même. Les pages se mirent à virevolter d'avant en arrière sans s'arrêter. Le livre entrait à nouveau en vie…

À cet instant, une voix s'éleva de nulle part. C'était une voix douce et chaude…

« Va, Lya, aie confiance… Pars à la découverte du monde… Respecte-le comme il te respecte et aime-le comme il t'aime. Ouvre-toi aux autres et puise dans leurs différences car c'est de là que naissent nos plus grandes richesses. »

Au moment où Lya se rassit près du livre, le vol des pages s'interrompit. Le cœur battant et encore un peu hésitante, elle s'approcha du livre…

Un océan de découvertes s'ouvrait à nouveau devant elle…

Il suffisait d'y croire… et elle y croyait.

GLOSSAIRE

Acclas – Acclahuasi : Les « `acclas` » étaient les « femmes choisies » ou encore celles que l'on surnommait les « vierges du Soleil ». Ces jeunes femmes appartenaient à la classe élite de la population inca. Dès l'âge de huit ans, elles étaient choisies et entraient dans un établissement qui leur était réservé : l'« acclahuasi » ou « maison des vierges du soleil ».

Alpaca : L'alpaca est un mammifère originaire des plateaux des Andes. Tous comme les lamas, ces animaux étaient importants pour leur viande et leur laine.

Amauta : Les « `amautas` » étaient les sages, les intellectuels et les pédagogues. Ils enseignaient aux enfants de haut rang social l'histoire, la religion et le savoir des *kipus*. Certains d'entre eux servaient de conseillers à l'Inca.

Asua : L'asua était une boisson sacrée pour les Incas. Ils la préparaient et la consommaient lors de leurs principales fêtes ou l'offraient à leurs Dieux lors des cérémonies religieuses. L'asua était préparée à base de maïs ou de manioc bouilli et fermenté. Depuis la venue des Espagnols, l'asua porte le nom de « chicha ».

Chacana : La chacana est un médaillon d'origine inca. Chacun de ses côtés représente les différentes étapes de la vie des hommes et le creux en son centre symbolise la ville de Cuzco, qui, pour les Incas, était le nombril du monde et la source de toute vie. Afin d'atteindre le plus haut niveau de sa vie, chacun se devait de respecter des règles : ne pas mentir, ne pas voler, ne pas chômer, aimer, travailler et apprendre… En *quechua*, ces règles de vie étaient résumées dans un proverbe : **« Ama sua, ama llulla, ama quella »**, ce qui signifie « Ne sois pas menteur, ne sois pas voleur, ne sois pas paresseux ». Chaque étape de sa vie réalisée permettait d'accéder à la suivante, pour finalement atteindre l'ultime niveau qui ouvrirait sur la vie éternelle, celle de l'Autre Monde.

Chasqui : Les chasquis étaient les messagers du chef inca. Ils couraient sur les routes de l'Empire pour porter des messages contenant les ordres de l'Empereur, et les nouvelles qui se passaient dans le royaume. Pour ne pas perdre de temps, les chasquis se relayaient jusqu'à ce que le message (nommé kipu) soit parvenu à destination. Le relais avait lieu au niveau des *tambos*, maisons où les chasquis attendaient la venue d'un message pour le récupérer et le porter à leur tour jusqu'au prochain *tambo*.

Coca : La feuille de coca était très souvent consommée par les Incas, et elle l'est toujours dans la région de la Cordillère des Andes car elle possède des vertus médicinales : elle insensibilise la muqueuse de la bouche et de l'estomac ce qui atténue la sensation de faim et de soif et elle empêche la venue du mal de tête lié à l'altitude. À l'époque inca, la coca était présente dans les cérémonies religieuses : elle était offerte dans les sacrifices au Soleil, et les prêtres la consommaient rituellement. Elle servait également d'anesthésique chirurgical ou médical.

Coricancha : « Coricancha » était le nom donné au Temple du Soleil à Cuzco.

Coya : La coya était la reine, la première épouse du chef Inca.

Cuzco : Cuzco était la capitale de l'Empire inca. Située dans la Cordillère des Andes à 3 700 mètres d'altitude, cette ville était considérée par le peuple inca comme « le nombril du monde » et était surnommée la « Cité aux murs d'or ».

Huaycapata : « Huaycapata » est le nom de la grande place centrale de Cuzco où avaient lieu de nombreuses cérémonies. Cette place était également le point de départ des quatre routes principales de l'Empire inca.

Lama : Le lama est un mammifère originaire des plateaux des Andes. Tous comme les alpacas, ces animaux étaient importants pour leur viande et pour leur laine.

Inti : Inti était le Dieu Soleil, le dieu le plus important aux yeux des Incas, avec Viracocha, le Dieu créateur. Le chef inca était considéré comme le fils du Soleil.

Inti-Hautana : L'Inti-Hautana était un cadran solaire directement taillé dans la pierre. Il était utilisé par les astronomes incas pour prédire les solstices et calculer les périodes de l'année.

Killa : Killa était la déesse de la lune et elle était autant vénérée que le Dieu Soleil. Tout comme pour le soleil, les Incas lui consacraient de nombreux temples nommés « temples de la lune ».

Kipu : Les Incas ne connaissaient pas l'écriture. Cependant, ils utilisaient un outil fait de cordelettes de couleurs qui leur permettait de coder un message ainsi que des chiffres : cet outil était nommé « kipu ».

Kipucamayos : Les kipucamayos étaient les uniques savants qui pouvaient comprendre, manipuler et tenir à jour les kipus.

Maskaypacha : La maskaypacha était la frange de tissu rouge que l'Inca portait sur son front lors de ses apparitions publiques ou de ses sorties officielles.

Pacha Mama : La Pacha Mama signifie la Terre-Mère. C'est la divinité qui permet à tout ce qui existe sur et sous la terre de vivre : aussi bien les hommes que les animaux et les plantes.

La Pacha Mama était l'une des plus grandes divinités incas et elle est encore très fortement respectée et célébrée aujourd'hui dans les Andes. Pour plus d'informations, voir la fiche thématique sur la religion inca.

Quechua : Le quechua était la langue que parlaient les Incas. Cette langue est encore parlée au Pérou. À l'origine, le nom de la langue était « Runasimi ». Ce sont les Espagnols qui lui attribuèrent le nom « Quechua ».

Quinoa : Le quinoa était une céréale très riche et très complète que l'on peut comparer au blé. Cette céréale tient toujours une grande place dans l'alimentation des habitants des Andes.

Taclla : La taclla était un instrument agricole qui permettait de travailler la terre. Il s'agissait d'un grand bâton de bois muni d'une lame et d'un appui pour le pied. Les hommes pouvaient ainsi retourner la terre tandis que les femmes semaient des graines dans les sillons creusés.

Tawantisuyu : Le Tawantisuyu est le nom que les Incas donnaient à leur Empire : l'Empire du Tawantisuyu.

Tambo : Les tambos étaient les lieux qui servaient à la fois d'auberge et de relais aux chasquis ainsi qu'aux soldats de l'armée. Ils étaient construits à intervalles réguliers sur les routes de l'Empire. Pour plus d'informations, voir la fiche thématique sur les moyens de communication.

Tumi : Le tumi était le couteau dont les prêtres se servaient pour les rites de sacrifices.

Unku : L'unku était une chemise, ou tunique sans manches, en tissu ou en laine de lama.

Villac Umu : Villac Umu était le nom désignant le grand prêtre de Cuzco.

Viracocha : Viracocha était le Dieu Créateur de toute chose. Pour les Incas, Viracocha était plus puissant encore qu'Inti, le Dieu Soleil.

Wasi : Le terme « wasi » désigne une maison inca.

Bibliographie

Que sais-je ? FAVRE Henri, PUF, 1972

Realm of the Incas, HAGEN Victor W. von, The New American Library, 1961

Lost City of the Incas, BINGHAM Hiram, Phoenix, 1952

Les sacrifices humains chez les Incas, Mémoire de Maîtrise d'Archéologie, BÉJO Justine, 2002

Pérou de Chavin aux Incas, HS N° 278, Connaissance des Arts

Peru's Ice Maidens : unwrapping the secrets, REINHARDT Johan, National Geographic, 1996